奔跑吧男神！

少年君 编著

世界知识出版社

图书在版编目（CIP）数据

奔跑吧！男神 / 少年君编著 . — 北京：世界知识出版社，2015.5

（少年绘系列主题书）

ISBN 978-7-5012-4927-5

Ⅰ . ①奔 ... Ⅱ . ①少 ... Ⅲ . ①短篇小说—小说集—中国—当代Ⅳ . ① I247.7

中国版本图书馆 CIP 数据核字 (2015) 第 113231 号

书　　名	奔跑吧！男神
	Benpao Ba！Nanshen
编　　著	少年君
出 品 人	赵雷
总 策 划	紫总　青罗扇子
设计制作	王梦叶　芒果
封面绘制	Easiyu羽　眠狼
责任编辑	余岚
责任出版	赵玥
责任校对	马莉娜
出版发行	世界知识出版社
地址邮编	北京市东城区干面胡同51号（100010）
网　　址	www.wap1934.com
经　　销	新华书店
印　　刷	北京中科印刷有限公司
开本印张	710x1000毫米　1/16　13印张
字　　数	227千字
版次印次	2015年7月第一版　2015年7月第一次印刷
标准书号	ISBN 978-7-5012-4927-5
定　　价	38.00元

生命在于运动。

只有生病了才能体会到健康的、活蹦乱跳的好处。

活在最好的年纪，理应去看最好的风景。于是乎那句"世界那么大，我想去看看"一度成为网络热门。实际上，年轻的身心并非只有悸动和虚荣，而是那种生机勃勃的、向外伸展的兴趣和求知欲。速度与激情，是大多数中老年流失的活性。

它像一阵流溢的风，像帝王的野心，像拿破仑的铁骑。不管钱包多么小，总有适合抵达的一角。

"我想动一动。"有一天，当我宅在家，吃着速冻饺子，就着冷气看动漫时，看到非常"燃"的热血运动比赛时，这个想法在我脑海里油然萌生。这副身体却不听使唤地伸个懒腰表示抗议，房间里安静得能听到骨节脆生生的摩擦声响起。

最终我还是成功地越过了那些懒惰的障碍，打开抽屉，抽出张办了一年、还有四个月就过期的游泳卡。我对身后同样懒洋洋的室友哥们说："旱鸭子，出门！我教你游泳去。"

不是什么鸳鸯戏水的美好画面，事实上由于太久没有训练，我自己都被呛了好几口水，惹得对方哈哈大笑，真是丢脸。我暗暗发誓，从今以后一定要勤加练习。

那种运动过后的酣畅淋漓、全身毛孔铺张开来拥抱风的姿态，就好像自己站在了全宇宙的中心，顷刻间从一株小草长成了参天大树。

而当你看别人沿着赛道一圈圈逆风奔跑时，又不由自主地握紧了拳头，为他呐喊助威，希望他能够坚持到终点。青春就是一次次华丽地跌倒，再骄傲地微笑。直到时间的尽头……

我听说，在古希腊的奥林匹克运动会上，运动员不穿任何衣服；此外，希腊亦有很多裸体雕像。古希腊的运动员不穿任何衣服、裸体雕像，可不是什么行为艺术。这说明希腊人将身体看作一种英雄气派，都是为了展现人体之美，体现了希腊人对生命价值的肯定和当时的人文主义精神。

古希腊哲学家毕达哥拉斯把人生比作运动会，把抱有不同生活目的、不同追求的人比喻成四种人：竞赛者、喝彩者、观看者和经商者。

生活难道不是如此？

我认为，每个人来到这世上，都有相同的起跑线。活着，就是时刻在比赛和角逐中变得更好。而喝彩，代表赏识和鼓励别人，只有赏识别人，才能发现别人的优点；只有鼓励别人，才能获得其他人的鼓励。

愿运动精神长驻你我他心中。Go,go,go!Fighting!

紫堇轩

目录

01   卷首   速度与激情

04   小魔法师的登山培训课   文 / 语笑阑珊

28   追逐风   文 / 林紫绪

52   王牌捕手   文 / 燕赵公子

70   四十万公里以外的月亮在微笑   文 / 镰足

92   冰封之刃   文 / 香小陌

Contents

115   穿云　文 / 七世有幸

138   星坠之夜　文 / 韩倚风

162   运动逗趣小四格　绘 / 墨染宣华

168   动物赛跑　绘 / 萌Ａ公子

176   陆从今夜明　文 / 紫堇轩

184   御风而行　文 / 焦糖冬瓜

小魔法师的登山培训课

文 语笑阑珊

绘 君翎

1.

周日午后，黎耀川放下手里的财务报表，觉得有些头晕。他抬头看了眼墙上的挂钟，时间已经到了下午两点，冲了杯咖啡之后，站在落地窗前想透透气，却发现在马路对面，原本一直在装修的店铺终于开了起来。

那是一间小小的咖啡馆，没有店名，店牌上只画了一只圆滚滚的小猫。

"黎总，"秘书小姐敲门，"需要为您叫一份外卖吗？"

"不用了。"黎耀川放下咖啡杯，"谢谢。"

"不客气。"秘书小姐有些脸红。这类优雅帅气又事业有成的成熟男人，对大学刚毕业的小女生来说，无疑是必杀器。

2.

咖啡馆门口挂着一串风铃，声音很小也很轻。黑发青年懒洋洋地打呵欠，正趴在吧台上无聊地画画玩，听到有人进来后笑着抬头："欢迎光临。"

看着里面的装修，黎耀川微微有些迟疑，又忍不住看了眼旁边的餐牌，想确定这里到底是陶艺馆还是可以提供简餐的咖啡店。

"随便坐。"青年弯腰拿出餐牌，"请问需要点些什么？"

"黑胡椒意面，加一杯莫吉托，谢谢。"黎耀川坐在吧台旁的椅子上。

"好的，请稍等。"青年帮他倒了杯柠檬水，然后就去了后厨，把客人独自丢在了店里。

一只小黑猫在他脚下徘徊，然后就一鼓作气跳了上来，找了个最舒服的姿势蜷着开始打盹儿。黎耀川隐隐有些后悔，觉得自己似乎和这家店的气氛有些格格不入。

3.

门口的风铃再次响了起来，这次进来一个穿着白衬衫的年轻男人，头发是浅浅的栗色，笑起来有两颗小虎牙。他见到黎耀川后主动伸手，友好热情地自我介绍："你好，我叫安辰。"

"你好。"黎耀川和他轻轻握了下手，他的手冰冷到没有一丝温度。

小黑猫熟门熟路地跳过去，奶声奶气地叫了一嗓子。

"时间差不多了啊。"安辰自己倒了一杯百利甜，"要来一杯吗？"

"不用，谢谢。"黎耀川摇头，"时间差不多，你是说这间店要打烊了？"

"不是。"安辰嘴角弯了弯，神秘地竖起手指，"下午三点，是妖怪的休息时间哦。"

黎耀川："……"

　　"一定要赶在门口的蔷薇花藤被阳光落满之前，找到一个阴暗又安全的角落躲起来。"安辰眼底闪着细碎的光芒，手臂撑着吧台，一点一点地靠近他，声音也越来越轻，"你……愿意保护我吗？"

　　黎耀川饶有兴致地看着他："妖怪也需要人类来保护？"

　　"嗯。"安辰的手指缓缓抚向他的脸颊，指尖有绿色火焰在跳动。

　　小黑猫懒懒地趴在一边，眼睛眯成一条绿色的线。

　　黎耀川一把握住他的手腕，重重地拍在吧台上。

　　"啊！"安辰痛呼出声。

　　"想要得到人类的保护，可是要付出代价的。"黎耀川解开一粒衬衫扣，眼神如同狩猎成功的猎豹，呼吸的温度滚烫，落在那白皙的脸颊上。

　　"明耀，救命啊！"妖怪闭着眼睛，很没出息地叫出声。

　　黎耀川笑出声，把他的手腕松开："到处骗人可不是个好习惯，安大魔术师。"

　　安辰揉揉手腕，嘴一瘪："你认识我？"

4.

　　"早就说了，你现在很有名气。"咖啡店老板端着托盘走出来，彬彬有礼地笑，"这是您点的黑胡椒意面，请慢用。"

　　"我也要吃。"安辰提要求。

　　"不行。"明耀拒绝，"你的经纪人刚打来电话，要我监督你节食。"

　　安辰："……"

　　"刚才的事情很抱歉。"明耀没有再理他，帮黎耀川调好一杯莫吉托递过来，"这顿饭我请客。"

5.

　　在媒体宣传的通稿里，安辰是国际魔术大师 Blaine 最得意的学生，双手拥有不可思议的魔力，眼睛时刻都被星辰落满。不过绝大多数粉丝看新闻时的重点，都不在于魔术的神奇，而是惊叹于他漂亮到几乎完美的五官。

　　"请问您真的会魔法吗？"记者问。

　　"是呀。"安辰的声音慵懒，整个人都沐浴在阳光里。

　　黎耀川关掉电脑，又下楼去了对面的咖啡屋。

　　"还是黑胡椒意面吗？"明耀正在擦拭杯子，见到他后笑着打招呼，"您已经吃了整整十天，或许可以试着换个口味。"

"比如？"黎耀川拉开椅子坐下。

"比如说罗勒鸡肉面，芝士火腿牛角堡，巡洋舰三明治，墨西哥牛肉塔可，还有金枪鱼松饼。"柜台下传来一个熟悉的声音，然后就露出笑眯眯的一张脸，"你好，不害怕妖怪的黎先生。"

"你好，装妖怪失败的魔术师。"黎耀川又和他握了一下手，触感依旧很冷。

"不如试试辣味海鲜薄片披萨？"明耀建议道。

"好。"黎耀川点头，"谢谢。"

明耀去后厨准备，安辰调了一杯桃子气泡酒："请你的。"

"这并不是你的店。"黎耀川打趣道。

"但还是有请客人喝一杯酒的权利。"安辰撑着腮帮子，"我可以去你的公司做客吗？"

"可以，不过那里很无聊。"黎耀川放下酒杯，"我不觉得你会喜欢。"

"一直这么无聊吗？"安辰又问，"你的生活。"

"工作无聊，不代表生活也要一样无聊。"黎耀川觉得好笑。

"那你平时都做什么？"安辰凑近了些，"比如说这个周末，有什么计划？"

"登山。"黎耀川靠在椅背上。

"登山？"明耀把披萨放在桌上，"或许可以带上小安。"

安辰瞪大眼睛："为什么？"

"你最近极度缺乏运动。"明耀敲敲他的脑袋，"正好可以减肥。"

安辰拼命思考偷懒的办法，眼底充满闪烁的期待"黎先生一定不会愿意带着我。"

"怎么会，求之不得。"黎耀川对他谦和地微笑。

安辰："……"

明耀做事很有效率，当下就给安辰的经纪人 Rankin 打了一通电话，然后道："没问题，Rankin 也会一起去。"

安辰愤怒地吃了一大口披萨。

明耀再次对黎耀川表示歉意："对不起，这顿继续由我来请。"

6.

周末大清早，安辰坐在车后排，一边吃牛肉三明治，一边听黎耀川和Rankin聊天。原本以为两人互不相识，谁知见面后才发现，原来彼此居然是高中同学，还曾经一起加入过登山俱乐部。

"那么小安就拜托你了。"到了山脚下，Rankin把背包递过去。

"不客气。"黎耀川和他握手。

"等等等等！"安辰觉得似乎有哪里不太对，"就这么把我拜托出去啦？"明明就说好三个人一起。

"如果知道是耀川带你，我也不会跟来。"Rankin拍拍他的肩膀，"有我在，你势必会偷懒。"

安辰："……"

"放心吧，耀川是专业出身，会保护好你。"Rankin道，"登山很有乐趣，好好享受。"

安辰欲哭无泪。

7.

"这座山很平。"等到Rankin走后，黎耀川带着安辰做热身，"只能算是健身，连探险都比不上，所以不用紧张。"

"谁说我紧张了？"安辰活动了一下颈椎，我只是……不想动而已。

"每个魔术师都像你这么懒？"黎耀川笑着打趣，"或许你可以变出一架南瓜马车，带着你往山上走。"

"魔术师不是仙女教母。"安辰打了个响指，凭空变出来一朵漂亮的玫瑰花，弯腰彬彬有礼地递给他，"那么在接下来的两天里，就请多多关照了。"

天气很好，风景也很好，空气里有着淡淡的草叶清香。安辰很少来这里，看什么都觉得好奇，一路上都在叽叽喳喳。

"你或许可以试着安静十分钟。"黎耀川递给他一瓶水。

"你果然和Rankin是朋友。"安辰坐在一块大石头上，"他也经常提醒我，魔术师要保持沉默。"

"和魔术师无关。"黎耀川摇头，"还有两个小时才能吃午饭，你要学会保存体力。"

"不是春游吗？"安辰眨眨眼睛。

"每一项运动都是很严肃的事。"黎耀川道，"不是小孩子过家家，否则很容易会出危险。"

安辰想了想："可你刚刚才说过，这不算探险。"

"那是相对于我而言。"黎耀川拉着他站起来，"从现在开始，把自己想象成一个专业的登山队员。"

"有登山守则吗？"安辰兴致勃勃地问。

"不要总是往高处看。"黎耀川道，"否则很容易就会疲惫，严重时还会产生晕眩，目光停留在面前三到五米就好。"

安辰听话地把目光收回来。

"步子不用迈得太大。"黎耀川继续教他，"可以在走路时增加一些弹跳动作，会省力很多。"

弹跳动作？安辰眼底有些疑惑，不过还是乖乖照做。

黎耀川笑出声。

安辰停下脚步突然回头："笑什么？！"

"在走路时增加弹性，不是让你蹦蹦跳跳像只兔子。"黎耀川拉住他的胳膊，把人拽上了一个陡坡。

"哇，好多蝴蝶。"安辰有些意外。

黎耀川耸耸肩膀："这里是蝴蝶谷。"

安辰问："可以多看一会儿吗？"

"可以。"黎耀川点头。

见他答应得这么爽快，安辰倒是有些意外："还以为你又要教育我，运动是件严肃的事。"

"在没有危险的前提下，我不介意你浪费一些时间。"黎耀川笑笑，"而且有些时候，走走停停才会更有乐趣。"

安辰盘腿坐在花田中，觉得这趟行程似乎也没自己想得那么糟糕。

8.

两人今天的目的地是朝阳峰，虽然安辰在途中耽误了一点时间，不过幸好也没拖太久。黎耀川点燃瓦斯炉，把罐头食品倒进锅里加热。

"需要我撑帐篷吗？"安辰自告奋勇。

"要是弄丢一个零部件，我们今晚就只能幕天席地了。"黎耀川把背包递过去，

"你确定要自己动手？"

安辰打了个响指，转身淡定地走开。

"我什么都没说。"

晚餐是胡萝卜炖牛肉，青菜蛋花汤，还有略显干硬的米饭。不过由于他们早就饥肠辘辘，安辰还是吃了满满一大碗，最后满足地打饱嗝。

黎耀川道："怪不得 Rankin 和明耀都让你减肥。"

"我平时不吃这么多。"安辰很严肃。

黎耀川明显不相信，蹲下收拾炉具。

"而且魔法需要耗费许多能量。"安辰趴在他背上，伸出右手展开，一只漂亮的蓝色蝴蝶腾空而起，最后变成无数晶莹碎沙，随风消散无踪。

黎耀川挑眉："高科技？"

"都说了，是魔法。"安辰得意扬扬。

"那可不可以用魔法，把我们的帐篷搭起来？"黎耀川觉得好笑。

安辰把手插回裤兜，淡定地摇头："不凑巧哦，今天的魔法配额刚好用完。"

所以，还是要辛苦黎先生。

9.

帐篷不算大，只能并排躺两个成年男人。安辰兴奋地进去看了一圈，然后弯着腰钻出来："居然可以看到星星。"

"你是说那块透明的天窗？"黎耀川把地钉装好，"设计师的初衷是让你看天气，而不是星星。"

"但是今晚天气很好。"安辰发自内心地和他握了一下手，"谢谢你，真的很好玩。"

"为什么一直这么冷？"黎耀川把他的手捂在掌心。

安辰严肃地回答："因为魔法。"

10.

洗漱完后，安辰钻进睡袋，挤在了黎耀川身边："你困吗？"

"又想做什么？"黎耀川扭头看他。

"不想做什么。"安辰的眼睛亮闪闪，"想找个人聊天。"

"白天明明还在喊累。"黎耀川无奈。

"现在不累了。"安辰又凑近了些，"不然你陪我聊一会，我变魔术给你看。"

"魔法配额不是已经用完了吗？"黎耀川打趣。

"可是现在已经过了午夜十二点。"安辰兴高采烈地坐起来，"把你的手给我。"

黎耀川很配合。

安辰用指尖在他手心轻轻写下一串字母，然后轻轻吹了口气。

黎耀川伸出另一只手，帮他把睡衣领子拉好。

"要注意看哦。"安辰的眼睛亮晶晶，把自己的手轻轻移开。

一枚漂亮的指环正躺在黎先生的手心，如同星辰掉落凡间。

"你看，只要一过午夜十二点，魔法就会回来。"安辰神秘地眨眨眼睛。

"谢谢。"黎耀川收下指环，重新躺了回去，"现在可以聊天了。"

"等等！"安辰警觉，"我没说要送给你啊。"

"谁拿到算谁的。"黎耀川显然不打算还给他。

"不行不行，那上面还有我的名字。"安辰趴在他身上抢。但平时缺乏锻炼的小懒虫，和专业登山队员出身的黎先生相比，显然没什么战斗力。

十分钟后，黎耀川问："可以安静睡觉了吗？"

安辰气喘吁吁地坐在一边，拼命点头。

"不许再说话了哦。"黎耀川把指环套回他的手指，"晚安，没有魔法的小魔法师。"

哼！安辰气呼呼的，把自己裹回睡袋。

一分钟后。

"晚安，不尊重魔法的暴力分子。"

透过小小的透明天窗，有星光温柔地洒进来。身边的男人似乎已经沉睡过去，安辰还在生闷气，伸出手指在空气中画了一个凶巴巴的 Q 版小脸，带着细碎的白色亮光，须臾即逝。

黎耀川闭着眼睛，嘴角不易觉察地微微扬起。

11.

为期三天的登山之旅很快结束了，黎耀川把人安然无恙地还给了 Rankin："抱歉，手指有些被划伤。"

"没关系。"安辰笑嘻嘻的，"我有魔法能痊愈。"

"看上去心情不错。"Rankin 松了口气，"还以为你会不高兴。"

"当然不会啦。"安辰大大咧咧地道，"其实还挺好玩的。"

"那我们就先回去了。"Rankin 和黎耀川握手，"这次麻烦学长了，小安周六会有一场演出——"

"我一定准时到。"话还没说完，黎耀川就已经欣然答应。

安辰笑嘻嘻的。

12.

演出地点位于城市中心的大剧院，路上有些堵车，所以黎耀川到的时间有些晚。他刚坐下没多久，手机屏幕就亮了起来，收到一个冷冰冰的"哼"字。

黎耀川回复——专心做准备，小魔法师。

安辰合上手机，愤愤地想，幸好没有迟到。

不然让保安把你赶出去！

近千人的大剧场里几乎座无虚席，不少都是年轻的小女孩，显然看人的期待大于看魔术。明耀坐在黎耀川身边，明显松了口气："黎先生总算来了，小安至少找了你四次。"差点连后台都拆掉。

"抱歉，路上有些堵车。"黎耀川关掉了手机声音。

"不过没看出来，小安居然和黎先生关系已经这么好。"明耀道，"还从来没见过，他对哪个朋友这么上心。"

"是吗？"黎耀川笑笑，"大概是为了向我证明，他的魔法也不是很糟糕。"

13.

安辰是近景魔术师，他的袖子整整齐齐地挽到手肘，手指干净白皙，速度快到不可思议。就算是观察力极其敏锐的黎耀川，也看不出任何破绽。

"现在可以睁开眼睛了哦。"黑暗之中，安辰的声音干净又温暖。

火光冲天而起，几乎要点燃整个剧场。观众中有人惊呼出声，黎耀川的心也在一瞬间揪起。不过下一刻，漫天烈焰就变成了无数白色蝴蝶，在空气中翩跹而过，如同雪片般消失无踪。

台下掌声雷动，演出圆满落幕。

黎耀川在剧院外买了一枝玫瑰，去后台找他："恭喜。"

"安先生。"工作人员推了满满两大车花束和礼物进来，"都是粉丝送给您的。"

"你还可以再没诚意一点。"安辰接过那支快要蔫掉的玫瑰，狐疑道，"是不是捡来的？"

"剧场外有个卖花的老婆婆，这是最后一枝。"黎耀川靠在桌子上，"就当是做好事。"

"好吧，这个理由勉强可以接受。"安辰把花收起来。

"要一起吃宵夜吗？"黎耀川问。

"要去哪里吃？"安辰的眼睛亮起来。

Rankin 在一边凉凉地道："减肥。"

安辰眼神无辜，如同咖啡店里的小猫。

Rankin 头痛地放行："好吧，看在学长的面子上，允许你今晚自由活动。"

安辰兴高采烈地拉住黎耀川，和他一起从 VIP 通道下到车库："去吃什么？"

"用魔法自己猜猜看。"黎耀川踩下油门，"友情提醒，现在已经过了午夜十二点，你又有了新配额。"

安辰耍赖，假装自己什么都没听到。

14.

黑色小车一路疾驰，最后停在一个小区里。安辰解开安全带，扭头严肃地道："你不会是打算把我卖了吧？"

"怕了？"黎耀川帮他打开车门。

"当然不怕。"安辰打了个响指，"要是敢欺负我，就把你变消失！"

"这里是我家。"黎耀川敲敲他的鼻子，"走吧。"

"是你家？"安辰顿时高兴起来，然后又想起来一件很重要的事，"那夜宵呢？"

"我做给你。"黎耀川打开屋门。

"你还会做饭？"安辰很是意外，"还以为你只会煮难吃的罐头食品。"

"难吃？"黎耀川一边洗手一边戏谑，"要不要我告诉 Rankin，有人上次一口气吃空三个罐头的事？"

安辰抗议："说好要保密！"

"还想去登山吗？"黎耀川问。

"我还能去吗？"安辰的眼睛亮闪闪。

"当然可以，不过事先说好，这次不许到处乱跑。"黎耀川弯腰拿出锅子，"也不能偷懒要我背。"

"友好守则第三章第二百四十三条。"安辰趴在他身上耍赖，"当魔法师遇到困难的时候，人类有义务施以援手。"

黎耀川好笑，食指沾了点奶油，随手涂在他唇角。

小魔法师心满意地足舔了舔，蹦跶着去客厅看电视。

15.

"不行，不是这个味道！"一周之后，安辰坐在咖啡店里，把面前的蛤蜊海鲜白奶油面推开。

"我已经换了四种配方。"明耀头痛，很想把他打包丢出去。

"但就是不好吃！"安辰气势汹汹。

"我不是黎先生，当然做不出他的味道。"明耀把手机递给他，"为什么不打电话问问看配方？"

"他去了狼烟峰登山，怎么会有信号？"安辰沮丧，"还有四天才能回来。"

明耀很费解，四天又不算长，况且就算是四十天，最严重的后果也无非是吃不到蛤蜊海鲜白奶油面，到底为什么要用这样一副世界末日的表情？

桌上的手机嗡嗡震，安辰心不在焉地看了眼来电显示，瞬间就蹦了起来。

明耀被吓了一跳："债主啊？"

"你好，小魔法师。"黎耀川的声音温暖又熟悉，还有一丝低低的笑意。

"你回来了？"安辰惊喜道。

"没有，不过难得遇到一个有信号的地方。"黎耀川看着远处的流云，"这里很漂亮，等你积攒一段时间的登山经验后，可以一起过来。"

安辰叮嘱："那你先不要拍照片给我看。"有些事情，一定要自己身临其境才最美。

"好。"黎耀川答应。

安辰嘻嘻地笑，心里又多装了一份期待。

大概是觉得他表情太可疑，等到这通电话讲完，明耀迅速问："谁打来的？"

"黎耀川。"安辰叼着餐叉。

"黎先生？"明耀意外，"那你为什么不问他奶油面的配方？"

"呃……"经由他提醒，安辰才后知后觉想起来这件事，于是无辜地眨眨眼睛，"忘了。"

明耀："……"

居然忘了？那刚才是谁连换了四盘面都不肯吃？

"其实，味道还不错啦。"安辰低头吃了一大口，然后鼓励地拍拍他的肩膀，"年轻人，要继续努力！"

15

16.

黎耀川回来的时候，帮安辰带了一个小木雕，那是一个戴着尖尖的魔法帽，披着可笑的斗篷，叉着腰一脸得意扬扬的魔法师。

"是山里的一个老手艺人，从没见过小魔法师是什么样。"黎耀川道，"能雕出这个，已经算很不容易了。"

安辰倒是很高兴，当下就挂在了钥匙上："我们下周还去登山吗？"

"当然。"黎耀川点头，"只要你想去，我随时奉陪。"

"我也有礼物要送给你。"安辰兴致勃勃。

"又要变魔法给我？"黎耀川挑眉。

"这次不是。"安辰拿出一个纸袋，郑重地递到他手里。

"是什么？"黎耀川倒出来一个小盒子。

"你猜。"安辰学他说话。

黎耀川打开之后，是一枚亮闪闪的指环，看上去有些眼熟，"这……"

安辰笑嘻嘻地道："上次在山里露营时，变出来的那一枚！"嗯，只不过尺寸更大了些。

"谢谢。"黎耀川按按他的鼻头，"厉害的小魔法师。"

17.

接下来的几个月里，安辰常常一有空就跑去找黎耀川，频率密集到连 Rankin 也有些吃惊："真这么喜欢登山啊？"

"当然啦。"安辰背着背包往外跑，生怕晚了会被经纪人拖住。

Rankin 只好打电话给黎耀川："学长，小安就拜托你了。"

"没问题。"黎先生一边说话，一边把工具放到后备箱。

半个小时后，安辰高高兴兴地冲进来："越狱成功，出发！"

黎耀川笑着摇摇头，载着他一路开向城郊。

当然，现在的安辰已经有了很大的进步，不仅可以自己打包行李，还能点燃瓦斯热罐头，甚至搭帐篷也完全没问题。

"小心手。"黎耀川很无奈。

"搭好了。"安辰目光烁烁。

黎先生只好表扬："很不错。"

后半夜的时候开始下大雨，一道惊雷之后，安辰打了个哆嗦，迷迷糊糊地坐了起来。

"没关系，下雨而已。"黎耀川拍拍他，"继续睡。"

安辰不满地嘟囔一声。

黎耀川帮他捂住耳朵，把轰鸣的雷声阻隔在外。

四周暖烘烘的，小魔法师很满意，刚想继续睡过去，又想起来一件事："你要去积雪山探险吗？"

"嗯？"黎耀川有些意外，"怎么突然想起来问这个？"

"之前看报纸，发现有你的名字。"安辰抬头看他，"会不会有危险？"毕竟能上报纸，应该难度很高才对。

"当然不会。"黎耀川笑笑："回来之后，刚好能看你的最后一场巡演。"

"要小心一点。"安辰认真地叮嘱。

黎耀川点头："好。"

18.

积雪山是不少登山爱好者眼中的圣地，不仅因为艰险的道路，也因为登顶之后绝美的景色。Rankin 自然不可能答应安辰去这种地方，还没等他把话说完，就扒拉找出一堆互联网照片，然后按着他坐在电脑前："风景就这样，看完就死心！"

安辰郁闷地叹气，其实他心里也清楚，按照自己目前的水准，去了也是添乱而已，更别说还有好几场巡演等在前面。

于是只好一张一张翻照片，不高兴。

明耀特意从黎耀川那里要来了奶油面配方，兴致勃勃地做给安辰吃，却只得到了两个字的评价："难吃。"

"喵。"小黑猫也跟着严肃地点头，用屁股对准盘子。

明耀觉得自己迟早会被这一大一小气死。

天上纷扬地飘下雪花，气温又降低了几摄氏度。安辰裹着大围巾端着热红茶，百无聊赖地看电视，却刚好转台到地方新闻——积雪山突降暴雪，多名登山者被困失联。

小魔法师脑袋里轰然一响，手里的红茶杯也掉到了地上。

"你要去哪里？"在接到电话的时候，Rankin 觉得自己或许是出现了幻听。

"积雪山。"安辰在网上焦虑地订机票。

"等等等等，积雪山是什么意思？"Rankin 又重复了一遍，"你是说你现在要去积雪山？"

"没错！"安辰挂掉电话，"下周二演出之前我会回来，再见！"

Rankin 听着手机听筒里的嘟嘟声，感觉整个人都快要不好了。

安辰飞快地把行李塞进箱子，拎着就往楼下跑。

"小安！"在他站在路边打车的时候，Rankin 终于气喘吁吁地赶到，生生把他拖回了家。

"我一定要去积雪山。"安辰的眼眶都急红了。

"为什么啊？"Rankin 比他更想哭，好端端的，中邪了吧这是。

"新闻说那里有雪崩。"安辰指着电视。

"雪崩你还要去？"Rankin 睁大眼睛，按照一般人的逻辑，难道不应该躲远一点？

"但是黎耀川在那里！"安辰着急。

Rankin 愣了愣，然后才道，"所以呢？"

"所以我们要去救他啊。"安辰又要往外冲。

小祖宗唉……Rankin 拦腰抱住他："就算学长被困住，也有专业的搜救队救援，你去能干什么？"

"不行，在这里我不放心。"安辰很坚持。

"我不答应。"Rankin 比他更坚持。

逃脱无望，安辰哭得直抽。

Rankin 目瞪口呆。

安辰完全没有消停的架势。

Rankin 刚开始还能苦口婆心地进行劝慰，后来被吵到头痛欲裂，终于忍无可忍，一个电话把黎耀川叫了过来。

19.

安辰顶着红鼻头，张大嘴呆呆地看他。

Rankin 很不仗义地瞬间消失，把烂摊子丢给学长黎先生。

黎耀川哭笑不得地看他，拇指轻轻蹭掉他腮边的一行眼泪。

"你你你……不是去登山了吗！"安辰艰难地咽咽口水。

"是，不过提前回来了。"黎耀川微微弯腰和他平视，"前天的飞机。"

"为什么不早点告诉我！"安静三秒之后，安辰炸毛。

你这个可恶的混蛋！

"我……"黎耀川欲言又止。

"哼！"安辰把行李箱踹翻，气呼呼地冲进卧室。

黎耀川热了一杯牛奶，进卧室递到他手里。

安辰咕嘟咕嘟一口气喝光，还是不肯说话。

"我是想给你一个惊喜。"黎耀川蹲在他身边，轻轻握住他的手，"生日快乐，小魔法师。"

安辰有些愣住。

"登山队要下周才能回来，可后天就是你的生日。"黎耀川笑笑，"没办法，我只能提前离队。"

"就是为了这个？"安辰半天才反应过来。

"不然呢？"黎耀川看着他，"我们一直在准备派对，本来想给你一个惊喜，不过现在却只能提前曝光。"

安辰："……"

"这么怕我会出事？"黎耀川笑着看他。

"才没有。"安辰嘴硬。

"那哭什么？"黎耀川很恶劣。

"才没有！"安辰使劲吸鼻子。

"那……可以原谅我了吗？"

"如果你愿意做好吃的牛排给我。"安辰提要求。

"当然。"黎耀川笑笑，"求之不得。"

20.

厨房里灯光温暖，安辰站在水槽边，无所事事地看他洗菜。

"下次不要再这么冒失了。"黎耀川从冰箱拿出牛排，"就算遇到危险，也会有专业的搜救队，其余人来只能添乱。"

安辰瞪大眼睛。

"当然，你不算其余人。"黎先生从善如流，在他炸毛之前赶快改口。

"为什么？"安辰心里稍微舒服了一点。

黎耀川笑着回答："因为你是小魔法师啊。"

安辰得意地仰着下巴，随手打了个响指，却没有玫瑰花瓣落下。

咦？！
再来一次。
依旧没有！
咦咦？！

"怎么办，有人的魔法失灵了。"黎耀川表情很严肃，手上拿着一个小小的道具袋。
"无耻啊！"安辰愤愤地扑上去，"还给我。"
两人打闹时不小心压到道具，厨房顿时下起一场花雨。

"你看，我也学会了一点儿魔法。"黎耀川学他打了个响指，"是不是很厉害？"
安辰原本想生气，不过最后还是没忍住笑了出来。

"还要和我一起去登山吗？"
"要。"
"有危险哦。"
"不怕！"
"为什么？"
"因为我是魔法师啊。"安辰一脸得意。
黎耀川看着他笑："嗯，而且还是最厉害的那种。"

厨房灯光昏黄，食物散发出温暖而又迷人的香气。
是最幸福的味道。

{END}

运动四知识

登山

★登山时不要总往高处看，尤其是登山之初，因为你的双腿还没有习惯攀登动作，往上看往往使人产生一种疲惫感。一般说，向上攀登时，目光保留在自己前方三五米处最好。如果山路比较陡峭，则可作"Z"字形攀登，这样比较省力。

★向上攀登时，在每一步中都有意增添一些弹跳动作，不仅省力，还会使人显得精神，充满活力。

★不要喝太多水，因为你会尿急。

★下山一定要控制住自己的脚步，切不可冲得太快，这样很容易受伤。同时，注意放松膝盖部位的肌肉，绷得太紧会对腿部关节产生较大的压力，使肌肉疲劳。

奔跑吧！男神

运动场知识

绘 **Easiyu** 羽

篮球

相信《灌篮高手》一定是不少篮球迷们的启蒙漫画。那么，下面这些囧囧有神的细节你们发现了吗？

★安西教练的副业

在三井不良少年的一幕，安西教练的胖脸成了商标。下面日文写着"安西炸鸡"。难怪他长得像肯德基的上校爷爷。

★猩猩是只熟女控

樱木为讨好赤木，精心调查，投其所好，寄去他心爱的香蕉和女星照片，照片显示赤木痴迷的是性感姐姐宫泽理惠，没想到猩猩如此霸气外露。

★没存在感的板凳队员

有两位饮水机级别的队员在刚入部自我介绍时，分别名叫石井太郎和桑田次郎，后来名字改来改去都没人知道，堪称超级小透明了。

小结：在一切篮球比赛中，再高的颜值，都远远没有酷炫的球技和拉风的姿势重要。

NBA（篮球）冷知识大集合

★ NBA 球员平均年薪 515 万美元，是美国普通人年薪的 119 倍。真想说一句：土豪，我们做朋友吧！可是 60% 的退役球员都会破产。沃克同学已经卖了自己的总冠军戒指了。

★ NBA 历史最矮的总决赛 MVP 是以赛亚·托马斯，身高 185cm。

★ 何塞·卡尔德隆曾创造了单赛季罚球命中率纪录——98.1%！在那个赛季他 154 罚 151 中。

★ NBA 历史第一高分是科比的 81 分，张伯伦的 100 分由于没有录像证据已被联盟取消。

★ 球员起跳至最高点的时间和从最高点落下的时间一样。

★ 姚明有狐臭（别闹）。

★ NBA 三分球大赛最低分创造者是乔丹。

★ NBA 历史上没有任何一支球队能在与山猫队的系列赛中将比赛拖至第 5 场，以后也不会有。

绘 弥生

运动四知识

★ 2014 年世界杯，32 支球队，736 名球员。在所有世界杯球员中，水瓶座球员为 81 人，占比 11.0%，是 12 星座中拥有世界杯球员最多的。真没想到水瓶座这么威武霸气。

★ 全球首双配备了 miCoach（"我的教练"）功能的 adizero f50 足球鞋。它可不是一双普通的足球鞋，它能捕捉到球员在球场上的每一个动作，并且储存长达 7 小时的运动数据，而且还可以将数据无线传输到电脑上，帮助教练更精准地对场上队员表现作出分析。不由地感叹一句，想偷懒？鞋知道！

★ 早期世界杯用球是咖啡色的。

★ 界外球直接扔进球门是不能判罚进球的，但是如果球在进门之前碰到了场上队员就算进球有效。

★ 点球大战期间，场上任何队员都可以担任守门职务。

★ 1954 年世界杯首次正式在球衣上印上了号码，而 9 号成为历史上进球最多的号码。

世界杯历史上，9 号共打入 255 个进球排名第一位。位列第二的是 10 号战袍，一共送出 232 个进球。一直以为 10 号才是球队的核心，原来 9 号才是真正的"进球杀手"。

★ 贝利成名的那届世界杯前，巴西全队做过一次智力测验，结果贝利和加林查的综合结果都是弱智；阿根廷球员梅西的祖先是意大利人；足球皇帝贝肯鲍尔年轻时在踢职业足球和卖保险间犹豫了很久。

★ 史上最烂球队是来自德国地区联赛的日耳曼尼亚队，该队成立 105 年以来仅打进了 1 个正式比赛进球。

★ 欧洲杯曾有一个奇葩的经历。在第三届（1968 年）欧洲杯半决赛中，意大利和原苏联激战 120 分钟不分胜负。由于当时没有点球大战的规则，裁判无奈只好以投硬币的方式决定比赛胜负。最终意大利队幸运地进入决赛，并在决赛中战胜南斯拉夫夺冠。直到 1976 年，欧足联才决定在欧洲杯引入点球大战的规则。

★ 意大利球队特里埃斯蒂纳由于战绩不佳而导致现场球迷人数寥寥无几，引起了电视转播方不满。转播方放言要和球队解约。为了短时间内增加"观众"，球队在观众席放上画有大量"球迷"的海报瞒天过海，真是让人刷新了三观！

绘 洛笙

追逐风

文 林紫绪

    春熙中学位于城市的郊区，临近海滨，学校里种了很多桃树。三月，桃花开了，一片粉红，在蓝天白云的映衬下格外好看。

    放学铃响起，校园热闹起来，有人背着书包回家，有人聚在一起聊天，还有人在花坛边坐着看书。一个背着单肩书包的男生沿着校园里的马路往校门口走，在路过学校的小操场时他停下了脚步。

    春熙中学的校园面积不大，操场就更小了，是一块大约八十米乘一百米的长方形场地，东西两端各有一个足球门，南北两侧各有两个篮球架，当打篮球和踢足球的学生们同时在这个场地里活动的时候，看起来就像是挤满了游来窜去的小鱼的鱼缸。

    此时，操场上除了三个男生占据一角，在一个篮筐下练习投篮之外，场上还有一群人在踢足球，吸引要回家的男生目光的正是他们。

    "传过来，传过来。"

    "喂。"

    "跑快点，不要懒散。"

    "砰"的一声，有人起脚来了个抽射，足球低空划出一道直线奔向球门，落地弹起之后，被守在球门处的男生用脚接住，又踢了回去。

    "臭！"

    一片哄笑声中，争抢又开始了，十来个男生在有限的操场上奔跑争夺，好像是在练习，又好像是在游戏。叫声和笑声中，他们又是那么的认真、热情、投入和快乐。

围观的男生驻足片刻，肩上的书包带子滑落下来，他抓住，重新把书包甩上肩头。当他转身迈步继续向校门口走去的时候，场上正在踢球的某个男生注意到了他的身影。

"喂，齐浩，别发呆。"

"传给我，传给我。"

"嘿，给你个球。"

"喂。"

齐浩回过头看一眼伙伴们，当他再转过脸的时候，刚才在操场边围观的身影已经消失了。

一天之后。又是放学的时间，又是那群男生，这一次操场上没有了同时在打篮球的人，完全占据了场地的男生们踢得更加放得开，不停地奔跑。

有人一个大脚，准头不够，球被踢飞了，径直滚向操场边，正好有一对聊天的女学生经过，她们的注意力完全在对方身上，没有注意到飞过来的足球，也没有听到操场上冲她们大喊的声音。

"喂，同学。"

"小心啊！"

"有球来啦。"

这时，有人飞身上前，一脚接到飞过来的足球，把它踢回了操场，力道恰好，皮球落地，滚到了操场上某人的脚下。

"谢谢。"

先出声的是齐浩。站在齐浩不远处的小个子男生也出声道谢，"同学，谢啦。"

"英雄救美"，可惜女孩们还在互相说话，根本没有察觉到刚才身边发生的一幕，自顾自地继续向前。操场边的男生看了看那两个已经走过的女生，又看了看操场上的那一群人，他冲他们笑笑，然后拎着书包向校门的方向走去。

"喂！"

正要走开的男生停下了脚步。

操场中间，齐浩把一只手拢在嘴边，冲着操场边的男生大声喊道："喂，要不要一起踢球？"

操场边的男生愣了一下，显然没想到会被这么问，就在他困惑和犹豫的时候，操场上的另一个人冲着齐浩说道："叫人家干吗？他会踢球吗就叫他。"

齐浩笑着回头说道："问问看，也许他有兴趣呢？"

"不会吧，算了。我们继续，别打扰别人。"说话的男生走了过来，伸手要拉齐浩，齐浩一闪身，对方的手落了空，他向着操场边跑了过去。

站在操场边，齐浩望着眼前的男生，友好地微笑打招呼，"你好。"

对方的脸上还是懵懂表情，"哦，你好。"

"要不要跟我们一起踢足球？"齐浩直奔主题，热情地发出了邀请。

准备放学回家的李笑，没想到会被眼前的人用这样的理由拦住。

"呃……"

队长离开，操场上的训练暂停了，有人原地不动在观望。

"齐浩，别打扰人家，干吗啊你。"

纪景走了过来，看一眼陌生人，然后目光落在齐浩身上。

"算了，走吧。"

齐浩没有理会纪景，仍然看着眼前的男生，再一次热情地发出了邀请：

"要不要跟我们一起踢球？"

男生的目光在齐浩和纪景之间转移，又看了看不远处正站在操场上观望的人们。

"算了吧，走啦。"纪景再次发出催促，露出不耐烦的表情，"走吧，人家不愿意。"

这时，一直沉默着的男生开口了。

"踢球，好啊。"

对方同意了，齐浩的脸上露出大大的笑容，"啊真是太好了，谢谢你！"接着他伸出了手，向对方做自我介绍，"你好，我叫齐浩。"

"李笑。"

望着两双握在一起的手，纪景的脸上掠过不愉快的表情，他马上出手拉开了齐浩的手。

齐浩完全没有在意纪景的态度，只是看着李笑，就在他想要再开口说话的时候，被一旁的纪景大力拉到了一边。

"怎么了？"齐浩奇怪地看着纪景，不理解队友的行为。

"你过来，我有话跟你说。"纪景拉着齐浩走开，留下拎着书包的李笑站在原地。

操场上，其他人望着场边的这一幕，互相询问起来。

"队长怎么了，拉了个新人进来？"

"哦，有新人，哦耶！"

比出剪刀手的男生立刻被人在后脑上扇了一掌，"够了。"他随即露出委屈的神色，眼睛眨巴着，"喂，我高兴一下不行，从来都没有人加入我们。"

一旁有人说道："嘘，小声点，别被新来的听到给吓跑了。"

"哈哈。"

操场边，纪景表情严肃地看着齐浩，质问道："你干什么？怎么没头没脑地拉个不相干的人来？"

齐浩看着纪景微笑，反问道："怎么叫不相干？"

"他，"纪景的目光转向李笑站着的方向，后者站在原地，并没有走进操场，也没有走近操场上的人群，"他，他当然不相干。"

齐浩的目光落在李笑身上，再望回纪景，笑了，"他跟我们一起踢球，就相关了。"

纪景急了，"他不会跟我们一起踢球。"

齐浩的态度看起来温和平静，语气却是不容置疑没有回转，"他会。"

"你……"

齐浩很自信地看着纪景，重复道："他会。"说完，便向着李笑的方向走去，纪景还想拦阻，伸出的手却没有拉住齐浩。

齐浩把李笑介绍给队友们，一群人顿时七嘴八舌地说了起来。

"来吗，加入我们。"

"一起踢嘛。"

"亲，亲，包邮哦亲。"看起来很活泼的小个子男生说道。

"窦苗你又来了。"

"窦苗闭嘴。"

被众人吐嘈了，那个叫窦苗的男生摸了摸后脑勺，然后他问李笑，"你是几年级的？"

"高一。"

"什么？"窦苗听了几乎要跳起来，"咦，我怎么不认识你？我们都是高一啊。"说着他的目光向着身边的众人一溜。

李笑微微一笑，"我刚转学过来。"

窦苗表情夸张地叹息，"哦哦，原来是这样。"

这时纪景在一旁说道："喂，你们也别急，还是让他多想想。"

李笑看了纪景一眼，也不说话，还是微微一笑，齐浩这时说道"你现在有时间吗？现在，现在就跟我们一起踢吧。"

"是啊，是啊。"有人附和着。纪景出手揪了附和者的耳朵一下，后者顿时呲牙咧嘴地喊疼。

李笑说道："现在不行，我还有事。"

齐浩露出遗憾的表情，"这样啊，"随即他说道："明天，明天好吧，明天我先去找你，你几班的？"

"三班。"

齐浩承诺般地说道："明天，明天我去找你。"

李笑冲众人点头示意，说道："好，那我先走一步。"他的目光掠过身边众人的脸，有人显得高兴，有人笑得热情，有人略显羞涩地看着他，只有纪景，脸上掠过一丝不自在的表情，在和李笑四目相接时避开了李笑的目光。

李笑拎着书包走了，留下操场上的众人议论了起来。

"哦耶，第十二个！"

"终于凑够了一打了，不容易啊。"

"天哪，竟然有新人加入。"

窦苗看着众人说道："哎，那这样我算前辈了吧。"

"前辈你个头。"

"喂！"

纪景听着众人的议论，表情复杂地看着脸带微笑的齐浩。

校足球队有间更衣室，确切地说，是足球队借用了体育器材室，在体育器材室里靠墙放了更衣柜，添了两条可以堆放衣服书包也能坐人休息的长凳，再在门上器材室的牌子下面多贴了一张打印出来的足球队更衣室的纸条，就完成了。

齐浩把球队的情况介绍给李笑，又带他来更衣室，拿出一件黑色的短袖T恤交给他。

"队服？"李笑把装T恤的透明塑料袋拆开，同时问齐浩。

"嗯。"

说是队服，其实就是给买来的黑T恤背上印上了春熙中学四个字，至于下装，深蓝色的校服运动裤正好相配。

"所以咱们校队的颜色是黑和深蓝？"李笑问道。

一旁的窦苗嘴快，笑答："不是，是黑色耐脏。"

在众人的哄笑声中，窦苗的头又被敲了。

更衣室里，齐浩把队友们介绍给李笑，"纪景，刘洋，窦苗，马建国，路佩，赵欣新，周超，郑家杰，洪荣轩，孙明辉，"他最后介绍自己，"我，齐浩，我是队长，纪景是副队长。"

李笑在心中暗笑，果然，十一个人，刚刚够一支球队的人数。

被齐浩的一句话拉进了春熙中学校足球队的李笑，入队之后知道了这支球队算上他，是十二个人，球队没有教练，以及，这支球队在和别的球队竞赛中，从来没有赢过球。

"从来都没有？"李笑疑惑地问。

齐浩不好意思地笑了，一旁的窦苗表情沉痛地一点头，"嗯。"接着就被纪景在后脑上扇了一巴掌。

"所以呢？"纪景看着李笑，眼神中带着挑衅。听到这样的成绩他是瞧不起这支球队吗？

李笑微微一笑，说道："没什么。"

"你不介意？"窦苗带着意外说道。

李笑看看身边的众人，一摇头，"不。"

"嘿嘿，这就对了，哥跟你说，成绩不重要……"窦苗的手搭上李笑的肩膀，为了够到李笑的身高，窦苗踮起了脚，话还没说完就被身旁的人又在后脑扇了一掌。

"窦苗闭嘴！"

窦苗难过地捂住头，委屈道："又打我。"然后他拉着齐浩的衣袖痛陈道："你看他们，都欺负我，嘤嘤嘤，老打我的头。"

"谁叫你长得最矮。"有人说道。

"长得矮又不是我的错，嘤嘤嘤。"

齐浩让其他的人去操场练习，他留下来把校队的日常训练安排讲解给李笑。当看到齐浩拿出来的打印整齐的几份表格，李笑愣了一下，他没想到齐浩能拿出一份看起来像模像样的训练安排。

"……说到底还是功课重要，我们的训练尽量做到不影响大家的学习。"

李笑听着齐浩的讲述，点了点头。

讲完了，齐浩拉着李笑去操场，"走，一起训练。"

第一天的足球队训练，李笑跟着大家一起做热身和基础练习，却没有跟大家一起踢球。当别的人开始分成两组对抗的时候，他请求先观战，一个人安静地坐在操场边，看着场上的大家你来我往。

不知是因为有了一位认真的观众，还是为了要展现一下实力给入队的新人看，今天校队的十一个人踢得格外认真，李笑也看得很认真。

一小时之后，校队活动结束，勾肩搭背走出校门的一队人，李笑也成了其中的一分子。

四月中的一个清晨，李笑起床之后发现天上下起了雨，细微的雨宛如薄雾。

今天还会跑步吗？李笑站在窗前想了想，决定先去看看，穿上一件带兜帽的外套，换好运动鞋下了楼。

跑到城市花园的时候，李笑看到已经有队友在了，先到的人热情地向他道早安。不多时，十二个人就到齐了，大家自觉地排成一排，开始晨跑。

一边跑着，李笑一边想，果然，这么小的雨不会影响日常训练。

当天的晨跑结束之后，细雨仍然没有停，马建国和窦苗发现了路边的早餐摊，大家围过去，每人手里捧了一杯热豆浆。

众人各回各家，齐浩和李笑走在最后。

"我有件事一直想问你。"李笑说道。

"什么？"

"那天，你邀请我入队，我答应的时候，你说'谢谢你'，不是应该说'欢迎你'的么？"

齐浩笑了，"哦，那个啊，是应该先谢谢你，谢谢你愿意来，愿意加入我们，信任我们。"

听了齐浩的回答，李笑沉默了一下。他略显凝重的表情让齐浩有点紧张，忙又接着说道："我们啊，真的很缺队友。初中三年，我们这群人就在一起踢球，一直没有新队友愿意加入足球队。有来一起踢一起玩的，过不了几天，还没熟悉呢就走了，觉得没兴趣，不好玩，训练累，耽误学习，还有其他。"说到这里齐浩笑了，"我啊，真担心你也会这样，没过几天人就不再来了。"

李笑听了微微摇头，缓缓吐出两个字，"不会。"

齐浩脸上的笑容更深，"我知道，看你坚持跟我们晨跑我就知道了。"

"你们训练得挺认真的。我开头还以为你们不过是小玩闹，随便踢踢算数，没想到你们还有系统的训练计划，并且还在认真执行，一天不落。"

"是啊，虽然我们没有正式的教练，不过大家自己练得也很认真，训练计划什么的有从网上找来的，有向体育老师请教的，我们还找了各种各样的教学视频。怎么说呢，没有教练也是没办法的事，这个困难我们也在努力克服，总不能没有教练就什么都不做不踢球了吧。"齐浩微笑着说道："我们啊，我们是真的喜欢踢球。"

李笑明白，正因为这份真心地喜欢，这一群男生才会一直坚持，坚持到现在。没有任何纪律约束，甚至可能会被说连个正式球队都不算的情况下，大家却坚守自己的承诺，风雨无阻。

每到分组对抗的时候，李笑就隐隐有种感觉，他这个新队友还没有完全融入队中，确切地说，是副队长纪景还没有完全接受他。

纪景对李笑的对抗意识很含蓄，平时，他会跟在教学楼或校园里遇到的李笑打招呼，球队的训练结束之后也会一起嘻嘻哈哈地聊着天回家。可是只要一到球场上，他就会挡在李笑的面前，并且，把齐浩拉在他的身后。

队中，纪景踢的位置是左前锋，同样踢前锋的还有周超，李笑和队长齐浩都是中场。李笑加入之后，队内变成十二个人，正好分成两组进行对抗练习，纪景每次都会把齐浩分在他那一边，而让李笑分在另一队。

一段日子之后，李笑感觉出来了，温和又亲切的齐浩是队长，日常训练的管理是由纪景来执行，虽然众人会一起吐嘈纪景的霸道，不过，应对一群野马难驯的高一男生，霸道很必要。

"喂，跑起来跑起来！"

"左边，左边，突上去。"

面对路佩的拦截，李笑一个转身，摆脱了。纪景气得骂了一句，窦苗在一旁扮鬼脸，说道："哎哟，不错哦。"

"闭嘴，耍什么宝，给我好好守住。"纪景叫道。

"大哥，我守不住他。"

纪景怒视着窦苗，"要你何用！"

窦苗觍着脸回道："大哥，好歹我也是春熙中学校队的第一后卫。"

"狗屁！"

被骂了，哭丧着脸的窦苗转身看向齐浩，"队长，你看他……"

纪景一瞪眼，"不许废话，好好训练。"

窦苗吐舌，转身跑开了。

当天下午的训练结束了，众人纷纷回家。齐浩坐在操场边整理书包，纪景换过了衣服，顶着湿漉漉的头发走了过来，一屁股坐在了齐浩旁边。

"累死了。"

齐浩看了纪景一眼，"嗯，跑动距离不错。"

纪景捶了捶腿，"体能有增加。"

"感觉到了。"

瞥了齐浩一眼，纪景说道："那你还不夸夸我？"

齐浩笑了，"有什么可夸的，作为一个前锋，你不跑那谁跑？"

纪景怒了，"除了马建国，队里人人都得跑！不，马建国也得给我跑！"

"好了好了。"

看着齐浩整理东西，纪景拿手肘撞撞他，"喂，我饿了。"

"饿了，回家吃饭啊。"

"……"

看纪景一副生无可恋的表情，齐浩伸手在书包里翻了一下，拿出一根细长的火腿肠递了过去。摊倒在地上的纪景一见有吃的，立刻满血复活。

"嚯，好东西。"三两下剥开肠衣，纪景咬了一口又递回去，"喏，你吃。"

齐浩摇摇头，"你吃吧。"

纪景一边啃着火腿肠一边说道："你还带着这个。"

"给流浪猫准备的。"

纪景一听差点喷出来，伸手推了齐浩一把，"我去，你……"

"那你吃不吃？"

"吃，吃，猫能吃我也能吃，哼。"

齐浩站起来准备回家，纪景一见也拎着书包站了起来。齐浩想到了什么，转身看着纪景说道："有件事，你别忘了。"

"什么？"

"李笑入队的事。"

听齐浩说出李笑的名字，纪景的表情瞬间变了，脸色一沉，"哦"了一声。

齐浩没有注意到纪景表情的变化，说道："咱们校队也没那么多规矩，不过他的申请表要给白老师盖个章，还有，六月底的市里比赛，报名表上要填上他的名字。这些你都记得去做，千万别忘了。"齐浩叮嘱道。

纪景垮着脸，点了一下头，闷声道："哦。"

"记得，千万别忘了。"

面对齐浩的殷殷嘱咐，纪景的嘴唇动了动，想说什么，内心挣扎了片刻，他说道："那个，你……"话刚出口纪景就后悔了，半张着嘴不再言语。

等了一会，见纪景什么也没说出来，齐浩笑了，伸出手用力揉了揉纪景的头发，说道："好了，别待了，回家吧。"

跟在齐浩身后的纪景，肩上挎着书包，注视着齐浩的背景，心情复杂。

纪景埋藏在心里的话，从李笑加入球队之后不久，他就想对齐浩说了。李笑的存在对纪景来说是一个越来越让他觉得不安的因素。

不是因为李笑球踢得不好，恰恰相反，是因为李笑的球踢得比队友们预想的好很多。

速度、力量、意识，这些李笑都具备，本以为他只是个在操场外围观的转学生，渐渐地他却成为球队里最可靠的存在。原本的球队比较松散，前场拿不到球，后场也守不住，李笑的加入开始转变这种情况。李笑是个全面型的中场，进能攻，退能守，会传会射，视野开阔，组织力强，有他坐镇中场，整支球队变得活了起来，有了阵型，有了打法。

训练休息时间，一群人坐在地上聊得嘻嘻哈哈。李笑坐在一旁，微笑着听别人开玩笑。看看李笑，再看看操场边低着头在纸上写写画画的齐浩，纪景没来由地一阵烦躁。

随着李笑在球队中中场的位置越来越稳固，齐浩开始渐渐淡出，让出了原本属于他的位置，在分组对抗练习的时候他会加入，但有时也会索性直接退出，让十一个人去踢，去磨合。而他则扮演起了领队和教练的角色，记录数据，发现不足。

纪景不想看到这样的情景，齐浩在场边待久了，他就会硬拖他进来，要齐浩加入一起踢。齐浩没有发觉纪景心里的小九九，他以为纪景只是不想他"偷懒"。

每年的暑假，市里会有校际足球联赛。今年，队里有了新成员，大家都希望正式赛一场，看看成绩。

放学后，训练的休息时间，一群人横七竖八地躺在操场上。头顶的天空很蓝，可以听到树叶被风吹动时的沙沙声。

窦苗拿马建国的胳膊当枕头，热络地跟他聊着天，憧憬着即将到来的比赛。

"哎，我觉得今年怎么样也会赢一场吧。"

"说不定是两场。"

窦苗的头又被敲了，路佩在他身后说道："瞧你那点出息。"

李笑跟往常一样，脸上是一抹淡然的微笑，他话不多，更多的时候是个倾听者。

就在大家聊着天的时候，远远地，齐浩跑了过来。

"你为什么没按我说的做？"齐浩人一到便质问纪景，声音不大，表情很严肃。

纪景坐起来，仰头看着齐浩，没说话，脸上阴晴不定。

"你为什么没按我说的做？"齐浩又问了一遍，益发严肃。一向温和亲切的队长改变了态度，众人又摸不着头脑，纷纷从地上爬了起来，疑惑地看着齐浩。

"怎么了？"马建国问道。

"你不是忘了，对吧。"齐浩看着纪景说道，眼睛直直地盯着纪景。

在齐浩目光的逼视下，纪景坐不住了，他站起来，面对面直视着齐浩。

发现纪景毫无歉意，甚至一副他没做错什么的表情，齐浩真的生气了，他盯着纪景，"你怎么能这样？"

越来越觉得队长和副队长之间气氛不对，他们之间有什么事，只有他们两个人清楚而其他的队员们不清楚，众人迷惑又紧张，窦苗悄悄拉一下马建国，小声问道："到底怎么了？"

纪景挺着胸，昂着头，站在齐浩面前，一步不退让。

"齐浩，到底怎么了？"

"是什么事？"

在众人不解的目光中，齐浩看着纪景，愤怒地问道："你为什么不把李笑的入队申请交给白老师？"

"什么？"

"不是吧……"

窦苗一缩脖子，看看纪景，又看看站在一旁的李笑。

"那李笑还不算是队友？"路佩觉得不可思议，李笑加入球队一起训练已经有三个月了。

齐浩皱着眉看着纪景，"为什么？"

纪景抿着嘴唇，面无表情，发现众人的目光都聚集在他身上时，纪景转向齐浩，他大声地回答齐浩，"对，我是没把他的申请表给白老师，我也没告诉白老师这次的比赛是十二个人参赛，怎么样！"

话一说出，众人就炸了。齐浩抓住纪景的手臂摇晃着，"你干什么，你抽什么风，怎么不听我的话？"

纪景一把甩开齐浩的手，叫道："我愿意！"

看着齐浩愤怒又伤感的表情，纪景叫道："你是不是以为，我不喜欢他，我跟他不对付，所以你让我去找白老师，替他交申请表，我这么做了就是我承认了他，承认他是我们的伙伴，承认他是我们的队友？"

齐浩睁大眼睛看着纪景，又看看站在一旁，默默注视着这一切的李笑。

纪景的脸，因为愤怒和激动的情绪而变得微微有些扭曲。

"不要！我不要！我不承认他是我们的伙伴，是我们的队友。我，我们，"纪景叫着，指着自己的胸口，目光一个一个掠过身旁围着的队友们。

"我们认识多久，我们在一起多久，我们一起踢了多少年的球，一起经历了多少次失败？他，他凭什么？"纪景大声说道，然后用力指向李笑。

"他才刚来，他才刚刚转学来，他以前都不是我们学校的。他凭什么！"

"他才刚来，你就那么信任他，对他那么好，他凭什么啊他！"纪景愤怒地挥舞手臂。

李笑淡然地看着眼前的一切，仿佛事不关己，好像纪景愤怒的对象并不是对他，而是对别人，他的冷静和纪景的激动形成了鲜明的对比。

吼着吼着，纪景突然脸一歪，然后就哭了起来，他一哭，所有的人都愣了，包括李笑。

纪景哭着说道："他一进队踢球，我就知道你要把你的位置让给他，我不要，呜，我不要……我们在一起踢了好几年，一直一直在一起，我要跟你一起踢球，我要跟你一起比赛，我不要赛场上没有你，呜，我不要……"

纪景越哭越委屈，索性蹲在地上号啕起来，一向霸道的副队长哭得像个孩子，弄得众人不知所措。

齐浩的表情缓和下来，抱歉地看了看李笑，叹了一口气。

"我去替李笑补申请。"说完，齐浩就跑走了。

见齐浩离开，李笑看看蹲在地上还在呜呜哭着的纪景，又看看一脸尴尬的其他人，他冲大家笑笑，算作招呼，然后就去拎了自己的书包，走了。看着李笑的背景，窦苗想喊他，又喊不出口，急得挠头，求助般地望向其他人，得到的是其他人同样无奈的眼神。

今天的练习肯定继续不下去了，其他队友们纷纷离开，有人拍拍纪景，纪景还蹲在那里哭，拒绝劝慰。

过了一会，齐浩回来了，发现操场上队友们已经散去，只留下一个哭成一张花猫脸的纪景，齐浩又气又恨地看着他，伸脚踢了纪景的屁股一下。

"你哭个屁啊，要哭的人不应该是你吧。"

纪景扭动了一下，脸埋在手臂里，带着哭腔说道："你管我啊，我想哭不行啊。"

"没出息。"

"对，我就没出息，怎么样。"

"……"

坐在纪景旁边，齐浩搭上纪景的肩，纪景扭动挣扎，被抓回来按住。

"你还哭，你也好意思。"齐浩气恨道。

"我怎么不好意思。"

齐浩责备道："你怎么能这么对李笑。"

纪景脖子一梗，"我怎么了，我为什么不能这么对他，他算老几？"

"那你算老几，嗯？"

纪景斜瞪了齐浩一眼，又把脸埋进臂弯里，拒绝面对。

伸手揉着纪景的头发，齐浩说道："你看看你，真过分。"

纪景闷闷地说道："我怎么过分了，他才过分，他一来，你的位置就没了，到底谁过分？"

齐浩捏住纪景的后颈，仿佛训导不听话的猫，"你这个人怎么这么死脑筋，什么叫'他来了我的位置就没了'，加入了新队友有什么不好，你怎么就要往死胡同里想。"

纪景拒绝认错，"我哪不对了？"

齐浩认真道："李笑比我更可以担任中锋的位子，比我踢得更好，为什么不让他上？"

纪景猛地抬头，盯着齐浩，"那你呢，你怎么办？"

齐浩说道："我有什么怎么办的，我还在队里，我们还是一个整体，这有什么。"

纪景大声道："可是你不能上场了！"

齐浩诧异，"这很重要吗？"

"当然重要！这么多年我们在一起，你那么希望球队赢，结果你现在不能上场了！"

齐浩拍打着纪景的后脑，一下又一下，不过手劲很轻，"让我说你什么好呢，你这个蠢蛋，我上不上场，我还是球队的一分子，球队能赢，就是大家的胜利，是我的胜利。我说你有点集体观念行不行？"

"我怎么没有集体观念了？"

"你还强词夺理。"

"我怎么强词夺理了？"

齐浩摇着头，一副恨铁不成钢的表情。纪景仍然在闹别扭，一脸怨念。齐浩站起来，把纪景从地上也拽了起来。

"好啦，回家。"

"哦。"

拉着纪景的手，齐浩好像拉着一只迷路的猫，他在前面走着，纪景被牵着手，乖乖地跟在齐浩的后面，不过纪景的脸上仍然是不甘心的表情。

齐浩看了看表，说道："去我家吧。"

纪景脸一扭，赌气道："不去。"

"我妈今天炖豆角排骨，还有辣子鸡丁。"

纪景毫不犹豫地改了口，"我去。"

知道齐浩把他带回家，晚饭只是一个借口，更进一步地劝说才是目的，纪景撇撇嘴。

第二天再见队友们，特别是李笑，纪景难掩尴尬。李笑倒是很大方，就像昨天的一切没有发生过一样，脸上依旧是淡然的微笑。

训练结束之后，齐浩叫住了李笑，知道队长肯定要跟他谈谈，李笑跟着齐浩走了。

一起去了常去的冷饮店，坐下来之后齐浩对李笑说的第一句话就是道歉，"昨天真是对不起。"

李笑微微一笑，摇了摇头，"没什么。"

"请你不要生气。"齐浩说得很诚恳。纪景的幼稚行为损及队友，作为队长的齐浩满心歉意。

"我不生气。"

面对齐浩的意外，李笑微笑着向他解释道："没递申请无所谓，我不在乎这个，我跟着大家一起训练一起踢球很开心，认识你们很开心，这就够了。至于说到今年一起踢市里比赛，不能上也不要紧。"

齐浩果断地摇头，"不行，你一定要上。"

李笑摆手，"真的不要紧。"

"你的入队申请我已经补上了，参赛报名也补上了，可以的，来得及，没问题。"

听齐浩这么说，李笑看着他，迟疑道："那你……"他是真的看得很开，也不希望因为他而影响到了齐浩和纪景之间的关系。

齐浩以为李笑还在介意纪景昨天的话，他又替纪景向李笑道歉，"你别管纪景，他抽风了。"

李笑笑了，"我没生气，真的。"

没想到李笑看得这么开，这出乎齐浩的意料，他不由问道："为什么？"

李笑微笑着说道："因为还有明年啊。"

齐浩一听，怔了一下，表情变得严肃，"不要，不行！明年，明年，是，还有明年，可是今年怎么办？我们之前每一次输，都安慰自己说明年。老想着明年明年，每一年都有明年，我们永远都赢不了！我不要！我就要今年！"

齐浩看着李笑，激动地说道："今年，你加入我们，有你在，今年我们可以再拼一拼！我相信你！我只是想赢一场，哪怕就赢一场！让我知道我的梦想还在。输了好多年了，我受不了，我不想这样，我不想再输，我真的不想再输了！赢一次，一次也好。"

想到之前一次又一次的失败，一次又一次的痛苦经历，齐浩越想越不甘心，情不自禁湿了眼眶。

被齐浩的样子吓了一跳，李笑手足无措，忙抓了一张餐巾纸递给他。齐浩失态之后也不好意思起来，把头低了下去。

齐浩的认真和执着让李笑动容，他看着他，思索着，然后点了点头。

"嗯。"

齐浩还把脸埋着，李笑看着他头顶的黑发，微笑道："喂，要哭的好像不应该是你吧。"

"啰嗦，你平时没这么多话。"

队里的训练在继续，同时大家还要准备升上高中之后的第一次期末考，每个人都表露出以前未见的紧张感。在这种压力之下，大家的训练反而更认真刻苦。

李笑不知道齐浩是怎么劝服纪景的，至于纪景是否在针对他，他也毫不在乎，他对齐浩有个承诺，他只知道他要完成。

看着奔跑在操场上的李笑的身影，纪景面无表情，他想起之前在齐浩家，他和齐浩之间的对话。

"他才来了几天，我们在一起几年，我们跟他哪有什么情分。"

"你说错了，自从他跟我们一起踢球的那一天起，我们跟他就是队友，就是伙伴，不管你想不想承认，已经是，就是。"

"我讨厌他……"

"我信任他。"

既然齐浩愿意。纪景无奈地想，望了望站在操场边的身影。

"喂，不许偷懒，给我跑起来！"

期末考试结束了，市里的校际足球联赛也开赛了。

第一场预选赛，春熙中学没有老师和教练带队，学生们自己去。身为队长的齐浩担当领队，他安排大家的时间和行程，在开赛前和对方的教练，领队，队长互相问候。

眼见齐浩彬彬有礼地和裁判互相握手，窦苗悄声道："哇塞，齐浩看起来就像个大人一样。"

"我去！我们本来就是大人好不好。"

"不对，我是小孩。"

纪景偷偷在后面踢了窦苗一脚，"滚，别闹。"

正式比赛开始之前，两队先适应草地和热身，眼见对方球队有一批同学来加油，而己方这边空空荡荡，窦苗不无羡慕地看着对面。

"啊，好想有女孩子来加油。"

齐浩听到了，抬起头来说道："不是有我给你们加油吗？"

窦苗撇嘴，"谁要看你啊。"

纪景回头怒视窦苗，"闭嘴！"

"哎，齐浩的脸我都看了好多年了，想换换不行嘛不行嘛。"

"闭嘴！"

第一场比赛，赢了。

春熙中学的校足球队第一次赢球！

兴奋不已的众人相约一起去吃路边摊庆祝。大家在烧烤店的露天桌子前围成一圈，然后点了一堆吃的。

啃着烤鸡翅膀，窦苗问道："下一场，下一场咱们能赢吗？"

"一定能。"几个人都握拳喊了起来。

齐浩看向李笑，李笑只是笑笑，没有说话。

纪景说道："希望能过小组赛。"

又是几个人同时喊起来，"一定行。"

"知道嘛，弱队出什么，出门将，只要有我在……"

纪景一听立刻出手，"你说什么，马建国你说什么，什么叫弱队，啊，什么叫弱队，给哥重复一遍，什么叫弱队，嗯？"纪景从后面勒住马建国的脖子，马建国哀叫连连向后倒去，其他人一拥而上。

"什么叫弱队，什么叫弱队。"

"叫你看看什么叫弱。"

"哎，马建国才是弱爆了好吗？你自己说说，你今天有什么发挥，啊，有什么发挥？"

马建国瞪着眼睛憋了半天，说道："好吧，我承认你们今天发挥得不错。"

"切。"

"去你的吧。"

聚餐过后，怀着对下一场比赛满满的憧憬，十二个人勾肩搭背，走在回家的路上。

第二天，和往常一样，一溜背着书包的男生走向操场，这一次开始有别的同学的目光追随着他们。

在操场边热身的时候，窦苗对旁边的路佩说道："喂，我怎么觉得有人看我，不是我的错觉吧？"

抬眼望了一下操场边站着围观的人，路佩说道："不是错觉，是有人在看。"

窦苗显得有些激动，"在看我，在看我。"

"老实点儿，你别窜了。"

"在看我，在看我，感觉不一样了。"

是不一样了，校足球队的训练史上第一次有了围观者。

校际比赛的第二场结束了，春熙中学校队的男生们又一次一起去吃路边摊，不过这一次不是为了庆祝胜利，而是为了安慰失败。

咬下一块烤肉，窦苗用力嚼着，"哼，输了。"

齐浩和李笑对视了一下，两个人都忍不住笑了。

输球是可以预想到的结果，毕竟球队的整体实力还很弱，上演不了大逆转的剧情。

不过，今年，已经有什么跟以前不一样了，改变了，这是球队里每个人都能感觉到的。新的希望就像新的种子，已经种下，正在发芽。

　　暑假中，球队的日常训练还在继续。清晨，十二个男生排成一排，沿着海边的石堤奔跑着，朝阳为他们的身影镀上一层金边。

　　从海滨路折返，奔跑的队伍一直跑回了学校，大家在矮墙上坐成一排，一起眺望着不远处的大海。

　　"啊，今天天气不错。"

　　"我想吃冰。"

　　"吃货。"

　　纪景站了起来，"来，继续跑，起来起来。"

　　"纪景你能不能让我多歇会儿？"

　　"闭嘴，跑！"

　　海风吹起，吹动头发，吹动衣摆，奔跑中的少年们仿佛是在追逐风，更是追逐梦想。

{END}

绘 唐卡

运动四知识

冲浪

★塑料工业的诞生产生了轻便的塑料冲浪板，促进了冲浪运动的发展。冲浪带给运动者的刺激程度不会亚于蹦极带来的体验，由此还衍生出风筝冲浪等花样。澳大利亚经常举行冲浪比赛。冲浪运动首届世界锦标赛于 1962 年在澳大利亚的曼利举行，其后每两年举行一次比赛。比赛主要根据冲浪者在规定时间内完成的冲浪数量和质量，采用 20 分制进行评分，如在 30 分钟内冲 3 个浪或 45 分钟内冲 6 个浪，再根据冲浪运动员冲浪的起滑、转弯、滑行距离和选择浪的难易程度等进行评分。

★冲浪板有长短之分，长板长度 9 尺以上，适合初学者；短板长度 7 尺以下，属于技术型浪板。浮筏板板面宽大，速度转变较慢，适合初学者趴在浪板上练习。

★在沙滩上做柔软体操时，海风非常强劲，请赶快绑好安全脚绳，身体要站在顺风方向的前缘，免得被自己的冲浪板打到受伤。

★冲浪胜地包括夏威夷瓦胡岛（Oahu, Hawaii）、法国西南海岸（South-West France）、民大威群岛（Mentawai Islands）、塔西提岛（Teahupo'o）等。

棒球

★小猫受邀为棒球赛开球

因从恶狗口中勇救 4 岁小主人，美国加州一只名叫塔拉的 4 岁雌性小猫成为当时媒体争相报道的英雄，它还被当地棒球队邀请为主场比赛开球。事情是这样的：4 岁的小主人杰瑞米·塔瑞安塔菲诺在门前骑自行车，邻居家的狗趁主人开门之际从后院逃出，绕过一辆面包车突然向杰瑞米发起攻击，咬住他的左小腿猛拖，塔拉不知从何处现身，箭一般扑向恶狗，吓得它扔下杰瑞米落荒而逃。

★击球手挥棒打中自己的脸

运动场上总有许多叫人尴尬的瞬间，足球运动员射错球门，篮球运动员被对手盖帽，那棒球选手呢？纽约扬基队选手布伦南－波思奇就曾遭遇过尴尬一幕。他在击球时挥折了球棒。更会人惊讶的是，折断的球棒像回旋镖一样击中了波思奇的脸。早在 2010 年，芝加哥小熊队的选手就因为球棒断裂而被扎到胸部，造成严重伤害。

47

奔跑吧！男神

滑板

如何快速学会滑滑板?

★首先你必须买或借一块板子来:纯木制的,较重且不耐摔,不太适合玩特技,适用于滑行等基本动作。

★先把滑行练好:把重心放在不动的那只脚上,在撑滑地面时身体稍微向前倾,也没啥窍门,多滑就会稳了!

★转弯:你平常习惯用哪只脚撑滑地面,就把那只脚放在板尾翘起处,并且施加压力,而另一只脚微微抬起,而此时板子会斜翘起。再用手和身体(特别是腰)做适当的旋转。以身体转的力道来控制转弯时角度的大小。

★停止:最常用的方法就是直接下来并且拿起板子,或用你平常撑滑地面的那只脚的脚根摩擦地面使速度慢下;也可用后面那只脚将翘起处用力压下,使板子成 45 度而会停得很快但我不太鼓励各位用煞法,常用的话板子底部的末端会磨损得很厉害。再比较难的,跳起并接住板身,或用你不动的那只脚踏板子前面的跷起处,另一只脚抬起一点点,并用转弯的方法使板子很快的横向往前滑行(身体要向后仰),一下就停了!且会发出"嘎"的声音!

★如果你愿意边玩滑板边唱那首网络口水歌,以此吸引目光,只能友善地告诉你:那不叫装逼,那叫作死。

绘 楔子

王牌捕手

文 燕赵公子

绘 弥生

九月的明江，烈日炎炎。

下午两点钟，市立第一体育场内人声鼎沸。

褚晨失神地站在投手板上，他抬了抬藏蓝色的帽子，任由汗水顺着脸颊滑落。

太难受了……

今天这一场，是本年度棒球大联赛总决赛的最后一场。

他们明江大学一旦赢了这场比赛，将会成为大学生棒球联赛历史上第一个连续三年蝉联总冠军的大学。

要说他们期待吗？那自然是相当期待的。

本来这一场的安排是万无一失的，先发王牌投手1号宋泽状态极好，终结投手10号王榆林也蓄势待发，4棒邹少铭恢复了最佳体能。

而他们明江大学棒球队的核心，5棒捕手安景琛则依旧沉稳冷静。

就算临上场前替补投手急病离场，也没有打乱明江的阵脚。

今年的对手，依旧是他们连续两年的手下败将红帆大学棒球队，除了更换两位强棒以外，其余七名先发阵容一点都没有变。

这还有什么好担心的呢？

明江意气风发地来到第一体育场，打算在主场给自己的球迷带来一场畅快淋漓的比赛。

然而，意外就在第一局明江防守时突然发生了。

主投宋泽第一球给了最拿手的快球，他的球速是整个大联赛里排名前三的，一般开局都会用这一手给对方心理震慑。

可万万没想到的是，他这个时速高达158km/h的球，居然被对方第一棒袁振江以触击打给打到了。他不仅打到了，那颗球还就那么碰巧地触地弹回宋泽左上方。

这个时候，宋泽自然要扑过去接住投一垒手封杀。

只是那么一刹那，坐在休息区的褚晨还没来得及眨眼睛，就看到宋泽狠狠地摔到地上。临倒地之前，他还没忘记把球传出，成功封杀红帆第一棒。

然后，现场顿时乱了。

宋泽左手肌肉拉伤，已经不能继续比赛，明江必须要换人了。

可是换谁呢？……

替补投手今天突然拉肚子去医院挂水，剩下两个老队员都是终结投手，他们打了多年的最后3-4局，要做先发是肯定不行的。

于是，全队都把目光放在了刚刚进入明江大学的大一新生褚晨身上。

在简单商谈五分钟后，教练直接站在褚晨面前，对他说："小褚，刚才我们已经跟王榆林商量过，他稳住最后四局，前五局，就要靠你了。"

褚晨当时就出汗了。

他能刚一报道就进棒球队做替补，天分和能力自然不在话下。作为高中一直在冠军球队当主力先发的王牌投手，他的蝴蝶球和指叉球都相当给力，直球不仅稳定，而且速度还不慢，是直接被明江提前录取的特长生。

可高中联赛跟大学联赛能一样吗？大联赛里出来的王牌和主力，无一不是甲级和乙级职棒联赛的种子选手，他们其中的大部分，仍旧活跃在职棒舞台上，贡献一场场精彩比赛。

褚晨虽然天赋过人，可他有个小毛病，他并不很自信。

作为投手，其实场上他只要努力做到捕手的要求就可以了，其他的时候凭经验判断就可以完成比赛，所以他自信与否，其实并不重要。

不过，如果他不能强大起来，永远无法成为王牌，也永远无法成为 MVP。

褚晨自己十分清楚这一点，可他就是不安，就是犹豫不定。

就像此刻，他站在高高的投手板上，头顶烈日炎炎。偌大的体育场里座无虚席，上万人正盯着他完成比赛。

褚晨汗如雨下。

他咬了咬嘴唇，突然看到了正前方，作为明江核心的那个王牌捕手，站起身来。

安景琛是三年级生，他今年已经签入明江的职棒队，大四毕业以后就会直接进入职业联赛成为职业球员。他在明江三年，带领着明江大学棒球队创造了数不清的神话，也正是他，带领队员连续两年捧回总冠军的金杯。

人们都说捕手是场上教练，这话一点都不假。

他纵观全场，指导投手变换球路，安排队员防守，不说面面俱到，也差不离了。

安景琛无疑是捕手中的精英人物，跟褚晨相反，他是个相当自信的人。无论场上是何种情况，也无论队伍输了多少分，他永远都不会慌张。

队员们只会看到他高大的身躯定定站在原地，冷静指挥着队员防守封杀。

他是明江当之无愧的核心。

褚晨冷不丁看到安景琛站起身来，还怡然自得地伸展了一下手臂，一颗心也渐渐稳了下来。

是的，有安景琛做他的搭档，他还有什么好怕的？

这个比他大两岁的学长一直是他的偶像，现在能跟偶像配合着打一场比赛，他也是赚了。

于是，当安景琛再度蹲下来冲褚晨打手势的时候，看到对方正了正帽子，笔直地做出了准备投球的准备。

是个好苗子。安景琛这样想着，然后便做出了指示。

内角指叉球——褚晨最拿手的球路。

随着这一个指示，褚晨深吸口气，用力闭了闭眼睛。

虽然同队只有一个月，但安景琛对他的球路却这样熟悉，他只要努力做到对方想要的，就是最好的。

褚晨这样想着，下一秒，他高高举起双臂，然后狠狠向前踏出一步，右手往前轻轻一推，那颗白球便如喷射一般，飞了出去。

然而下一刻，褚晨突然变了脸色。

球路不对？！

因为是第一次代表明江上场，褚晨虽然冷静下来，但还是有些紧张。

人一紧张就容易用力过猛，刚才的指叉球，他没有投好。

褚晨刚刚平稳下来的心，又猛地提了上去。

可这时也没空给他后悔了，那颗球带着无与伦比的气势，直奔捕手手套。

站在打击区的是红帆第二棒严礼，只看他眯起眼睛，以快到只来得及看虚影的动作，狠狠地，用力地挥棒出手。

"砰"的一声，那金属球棒仿佛尖锐的刀，划破了空中的热气。

有那么一瞬间，全场观众都没了呼吸。下一刻，当那颗球被球棒高高击飞出去，向着全垒打墙不要命地狂奔时，红帆的球迷顿时发出刺耳的欢呼声。

他们叫着，喊着，说着："红帆必胜，红帆最强。"

褚晨站在投手板上，茫然看着那颗球飞出全垒打墙，飞到看台上。

明明太阳那么辣，明明他浑身都是汗，可这一刻，褚晨如坠冰窖。

他代表明江参加的第一场比赛的第一个球，被对方打出了全垒打。

这简直是个巨大的玩笑。

就算褚晨不是作为主力先发，而是临时替补上场，第一个球就被对手打出阳春全垒打，也实在是打击太大了。

说实话，不光是他，明江的其他球员也压根就没考虑过这个可能性。

当裁判判定得分，显示屏上红帆的比分从 0 翻成 1 之后，大部分球员才回过神来，不约而同地把视线投到褚晨身上。

他们都是老队员了，自然不会怪罪新人，担忧大过责备是真的。

然而褚晨，却只觉得芒刺在背。

他一下子慌了，在短暂的迷茫之后，他甚至开始怀疑自己适不适合做投手。

他这么没用，还容易慌张不自信，就连拿手的球也一下子就被对手打出全垒打，他……

就在褚晨胡思乱想的时候，安景琛突然叫了一个暂停。

他把护面掀起，慢慢向褚晨跑来。

看到他高大的身影由远及近，褚晨早就慌乱的心跳得更快，他屏住呼吸，耳边甚至听不到任何声音。

他是来叫我滚回去的吧？

害怕与懊恼充斥着他的内心，折磨着他好不容易建立起来的信心。

然而，当安景琛跑到他面前时，却伸手揉了揉他的帽子："小晨投得不错，状态挺好的嘛。"

褚晨愣住了。

安景琛低头看他，英俊的面容上是毫不做作的爽朗笑容。

"这个球的球路实际上是挺好的，速度也很好，被对手打出去，不过是巧合罢了。"他说着，又拍了拍褚晨的肩膀。

他声音低沉，仿佛带着魔力，让已经快哭出来的褚晨冷静下来。

褚晨舔了舔干涩的嘴唇，艰难道："安哥，对……对不起。"

安景琛大笑两声，用手套点了点他帽子上的明江队标："臭小子，说什么对不起啊！对方不过就得了一分，哪有什么值得害怕的？这才是第一局，我们有的是机会赢得更多分数，难道你不相信我们的队友吗？"

他说着，把褚晨转了个，让他看看防守的队友们。

三垒手第四棒于鑫哲大声叫他："小晨，NICE BALL，好样的！"

右外野手施锦程大笑着说："小晨，多往右外野送球啊，让我活动活动。"

剩下的队员也三三两两，面带微笑调侃着他。

褚晨的心一下子就定了，他们不是过去的那些队友，他们已经成为自己的伙伴。

他看着队友们真诚的笑脸，从手到心慢慢热了起来。

有他们在，他还有什么可害怕的呢？前面有安景琛给他配球，后有强大的队友给他防守，他只要好好投球，尽自己最大的努力做到最好，就够了。

作为一个投手，没有比这更好的队伍了。

褚晨眼睛有些热，他低下头用手蹭了蹭眼睛，不想让队友们看到自己的软弱。

安景琛用手使劲揉了揉他的头，他笑了两声，然后说："不用担心，一切都有我。"

褚晨抬起头，不好意思地笑笑。

见他笑了，安景琛悄悄松了口气，他拍了拍这个年轻新人的肩膀，然后缓步跑回本垒。

这里，才是他的地盘。

比赛继续进行了。

安景琛深吸口气，他看着正前方高瘦的青年，手下迅速做出了指示。

正中直球，最快。

他看到褚晨先是呆了呆，然后便做好准备，以最漂亮的投球姿势把那个球投了出来。

球飞得太快，仿如雨日里的闪电，划破宁静的天。

安景琛做好姿势，全神贯注盯着那个球。

然而，还没等到他眨眼睛，那颗球便带着无可阻挡的气势，稳稳落入他放在胸前的手套中。

身后的裁判高声喊："好球！"

安景琛忍不住站起来，冲褚晨露出又一个笑容。

这个好球，角度很稳，没有半点偏差，打者没有打到，完全是因为速度太快。

当球落入他手心之后，他才看到红帆第三棒挥棒。

这个小鬼，倒是真的相当不错。

安景琛对他的能力重新做了评估，然后便给了另一个变化球指示。

这一次，是下坠蝴蝶球。

天气越发炎热起来，阳光仿佛加了炭火，让人浑身都温呼呼的，喘不过气来。

褚晨摘下帽子，擦了擦额头的汗水，长舒口气。

在三振了红帆第三棒后，他终于迎来了第四棒，红帆今年的新强棒邹少铭。

这位被誉为红帆最强棒的新人，正满面严肃站在打击席上，左右挥舞着球棒找手感。

褚晨看了看他，便把目光调回到安景琛身上。

无论对方是什么实力，也无论对方是强棒还是弱棒，只要能三振出局，在他面前，就不过都是普通打者。

这是他刚刚三振红帆第三棒以后，才悟出来的道理。

以打击而言，三四五都是很好的位置，自然会配最强打者。他能三振一个，也能三振第二个。

就算离得远，安景琛也能感觉到褚晨的气势变了。

他扣好护面，无声笑了。

新人对新人，王牌对王牌，不是很好嘛？

他这样想着，却坏心眼地给了一个偏外侧直球。

来吧，让我们看看，是红帆的新王牌厉害，还是明江的新王牌更胜一筹。

果然，这一次褚晨连迟疑都没有，只看他双手高举到头顶，然后右手挥出绝佳的弧度，把那颗白球送了出来。

这一次，安景琛明显感觉到，球到的时间缩短了。

原来还可以更快吗？安景琛又笑，可摆在胸前的手套却微微右移，轻而易举接到了球。

好球！

而邹少铭则丝毫未动。

是想等正中直球，还是等速度稍慢的变化球呢？或者，只是想看看投手的水平，下一局再做打算？安景琛不去看他，只迅速做下另一个指示。

第二球，依旧是内角指叉球。

这一次，褚晨犹豫了。

安景琛微微叹了口气，站起身来指了指自己的嘴。

褚晨看着他，好半天才反应过来。

他告诉自己记住他的话。

不用担心，一切都有我。

是啊，一切都有他。

褚晨深吸口气，用手套点了点帽檐，表示自己知道了。

他闭上眼睛，把刚才发生的一切都抛撒出去，剩下的，只有投好这一球的执念。

只几秒钟后，他睁开眼睛，球也被他投了出去。

这一次，角度很好，速度很好，旋转也很好。

你能打到吗？褚晨全神贯注地看着对面，身体依旧紧绷，随时准备着做出下一个动作。

仿佛慢动作一般，他看到邹少铭挥棒了。

金属棒挥舞起来，带着冰冷的寒光，仿佛刀锋一样划出一个新月，然后便跟那个白球擦肩而过。

角度太高了，褚晨的内角指叉球，还是有些刁钻。

邹少铭使劲跺了跺脚，让自己冷静下来。

还有一球。

会是蝴蝶球？还是外角指叉球呢？安景琛的配球从来都很随便，可随便之中却又恰到好处，让人想不到，猜不透，摸不着。

让人也打不出去。

可是这一次，注定要叫邹少铭失望了，因为安景琛哪一种球都没有叫，他干脆利落地给了正中直球。

刚才的那一记内角指叉球没有被第四棒打出去，褚晨觉得压在身上的乌云已经消散开来。他认真看着安景琛的动作，然后深吸口气，做出准备。

虽然他并不擅长配球，可是这一刻，他竟然觉得也很不错。

对第四棒，他用直球三振出局，应该是对对手最大的尊重了。

他这样想着，也这样投了出去。

直球的速度根本不是变化球能比的，邹少铭上一刻还觉得摸到了褚晨指叉球的路数，可下一刻的直球却已经近在眼前。

他脑子还有些钝，可身体却早就代他做出动作。

几乎在球到中路那一瞬间，他就挥棒了。

可是，当他抡回一个满月，也没有听到那声脆响。

挥棒落空！

邹少铭狠狠用球棒锤了一下地面，一边喊着"shit"，一边回到休息区。

明江对红帆总决赛第五场第一局，明江防守先得一分。

上半场结束了，队员们陆陆续续往回跑。

年长的队友们跑过褚晨身边，纷纷用手套点他肩膀。

"小伙子干得好""这一局打得漂亮""你的直球真漂亮啊"，他们说着轻松的赞美词，带领着这个年轻人回到休息区。

虽然第一球失误，送对手一分，可之后他连续三振两位红帆强棒，却也实在厉害。

在竞技场上，永远要靠实力讲话。

褚晨有这个能力，所以队友也给他尊重。

在简单休息片刻之后，第一局下半场开始了。

明江属于全能型球队，进攻防守都很了得。在棒球的世界里，一旦弱了哪个，都成不了王者。

所以，第一局下半场明江反击的攻势简直迅猛得吓人。

在第一棒李风短打封杀出局之后，第二棒施锦程居然直接就来了个一垒安打。

换句话说，第一局下半场一开始，明江一垒有人，一人出局。

褚晨虽然正坐在休息区恢复体力，可一双眼睛却牢牢盯在场内。

这样高水准的比赛，他以前都只能在观众席上看，现在却能亲临现场，亲身参与。

这滋味太美妙了，他都舍不得眨眼。

很快第三棒梁乐三振出局，第四棒于鑫哲上场打击。

全场的明江观众都沸腾了。

于鑫哲也没有让他们失望，他直接以一记右外野安打把全队奔跑能力最强的施锦程送上三垒，他自己也站在了一垒上。

接下来出场的，是安景琛。

看台上球迷的情绪已经压抑不住，而等候区里，他们这些队友们也都不约而同屏住呼吸。

简直连气都不敢喘一下。

安景琛的防守能力很强，打击能力也相当了得，他能排在第五棒出场，就说明他是个很厉害的攻击型捕手。

能防能打，简直是完人。

被明江球迷誉为天生王者的安景琛，这会儿正淡定地站在打击席上，准备打击。

他的对面，是红帆的王牌先发投手张小山。

第一球，好球。安景琛挥棒落空。

第二球，坏球。安景琛未挥棒。

第三球，内侧变化球，安景琛毫不犹豫，就直接挥棒出手。

只听"砰"的一声，球棒跟球触击的那一刹那间，清脆的响声仿若放大了无数倍，钻进在场每一个人的耳朵里。

那么一刹那间，黏稠的空气似乎也散了散，观众们依旧憋着口气，期待地看着那颗球悠然向全垒打墙奔进。

内场里，垒上的三人根本不管那球是什么情况，一个接一个地往本垒迈进。

顿时，烟尘四起。

施锦程速度最快，离本垒最近，观众们还未反应过来，就看到他已经飞快扑到本垒上，然后利落翻身，站起让开位置。下一个滑过来的，是于鑫哲。

一垒和三垒的跑垒指导员都没有喊停，他们就一门心思使劲往前跑。只要回到本垒，只要回到最初的那个原点，分数就会得到。

棒球似乎就是这么简单。

安景琛身高腿长，跑步速度也相当快，当他都跑到二垒还未见有球传回，他就定了心神。

明江这一次，肯定是开门红了！

果然，在他们三个都回到本垒后，就看到看台上的观众都乐疯了。

比赛第一局下半场，明江第五棒捕手安景琛，以一记三分全垒打，直接反杀红帆暂时领先。

在跑回本垒之后，安景琛看向休息区，伸手指了指自己的嘴。

阳光下，他英俊的面容仿佛镀了一层金，耀眼至极。

褚晨使劲攥紧双手，用力点点头。

"不用担心，一切都有我。"

"我知道的，我会努力。"

他们仿佛在做着这样无声的交流。

之后的第二局、第三局和第四局双方都胶着起来，第三局明江得一分，第四局红帆得一分，依旧是明江暂时领先。

转眼，就到了褚晨代表明江本场比赛的最后一局。

第五局上半场，依旧是明江防守。

明江一般是6+3制，原本安排的也是这个。可无奈宋泽突然受伤，褚晨即使高中阶段成绩再好，也不能给他那么大的压力，所以便改成了5+4。

作为一个新人，他上场四局只失了两分，不得不说已经做得相当好了。

比赛很快就开始了，褚晨站在高高的投手丘上，觉得整个人都像从水里捞出来一般。

就算刚才已经休息了五分钟，上一轮他也没有上场打击，他还是觉得特别累。

前四局比赛，几乎耗尽了他所有的心神与精力。

他长长出了口气，觉得自己整个人都要烫得冒烟。

在他对面，安景琛皱眉看了看他。安景琛知道褚晨已经到了极限，可他不能在这时候倒下。

如果褚晨想要站稳位置，从此成为继宋泽之后的另一王牌，他自己要撑住这口气，把比赛好好打完。

安景琛想了想，给了褚晨第一个指示。

外侧下坠蝴蝶球。

褚晨扔下手中的松香包，从兜里掏出一枚新球。

他用手指在球上轻轻摸了一圈，等到手感熟悉了，便对安景琛点点头。

可以投了，他这样表示。

然后，他便高举双手，把球投了出去。

在做出动作的那一刹那，他就感觉自己不太对了。

空气里仿佛有无数看不见的线，一圈一圈束缚着他，让他施展不开，手脚失去所有的力气。

糟了，他这次疲劳得太快了。

褚晨心中一沉，可手上动作却丝毫不敢放松，他用比平时更多的力气做出动作，力图把球投到安景琛的手里。

万幸的是，第一球，好球。

褚晨松了口气。

无论如何，他要努力把这一局打下去，他不能输，也不可以输。

从小学三年级开始，他已经练棒球十年了。这十年里，无论寒暑他每天都要练习，从未有一日松懈。

就算是人人夸奖的天才，不勤加努力，也成不了英才。

他可以做到，他不会认输。

他要成为职业球员，要代表球队捧得墨提斯杯，要成为 MVP。

他一步一步走来，距离梦想只有一步之遥。

这个梦想难以实现吗？并不是的。

他一直努力，从来都比别人多练几百次投球，也从来都是最后一个离开球场。十年下来，他虽然不敢说自己是最努力的球员，却也肯定是队伍里最勤奋的投手。

如果梦想无法完成，他也真的不会后悔和惭愧。

因为他真的努力了，那些年的汗水与伤病，那些年的挫折与失败，堆积起来今天的他。

平生第一次，褚晨这样坚定地告诉自己，你可以的。

他突然站直身体，阳光明明那样刺目，体能明明消耗到极致，可他依旧挺直脊背，让自己在投手丘上屹立不倒。

记得启蒙教练跟他说过：你只有自己站得笔直，无论多远，也能给打者无声的震慑。

一直到今天，他才终于明白这句话。

站在高处往下看，所有人都比他渺小。

褚晨擦了擦汗，他目光炯炯有神，整个人势如破竹。

安景琛只看他一眼，就看出了他的变化。

如果说前四局的褚晨还是犹豫不决的少年郎，而现在，他已经成长为坚毅的青年人。

安景琛做出指示，面具下的表情模糊不清。

正中直球。

来加深你的勇气吧，青年人。

第五局上半场，褚晨用七球连续三振红帆第二棒第三棒，气势如虹。

这个时候，第四棒邹少铭来到打击区。

他上场打击两次，还未得分。

该着急了吧？安景琛面无表情地想着。

就算不是自己得分，送队友得分也好看些。如果作为强棒，在这样的决赛圈不得分，那实在是有些说不过去。

安景琛揣度着邹少铭的心思，很快做出配球方案。

第一球，内侧下坠蝴蝶球。

蝴蝶球对控球要求相当高，也是很难投的一种球。褚晨苦练多年，至今才略有小成。

得了安景琛的指示，他伸手捏了捏帽檐，然后便使用戴着手套的左手反手持球，用无名指和小指持球，剩余的三指弯曲抵住球。

他再度抬起左腿，右手高高扬起，随着左腿大力跨出，右手十分协调地划过一个圆满的弧度，向前投出球去。

在投出的一刹那，褚晨用三指那么轻轻一弹，那颗球就直奔捕手手套飞去。

他的动作太快了，转换手型也是在手套里完成，邹少铭根本没有来得及作出判断，他的球已经近在咫尺。

那球似乎很快，位置正中，邹少铭来不及多想，就直接挥棒打击。

他本以为，那会是正中快速直球。

可是令他错愕的是，球棒他是顺顺当当挥出去了，力度适中，位置也相当好，只可惜那球不知道怎么地，突然在临到打击区前一刻下沉，直接坠入安景琛手套里。

裁判高声作出判断："好球！"

球迷顿时爆发出热烈的叫喊声。

"明江明江，举世无双！"

"明江明江，卫冕之王！"

他们真的能卫冕吗？褚晨偷偷活动了一下手指，觉得自己全身的力气都已经被抽干，可他憋着一口气，硬生生挺到了现在。

邹少铭虽然一击未中，可他也并未真的很急。

比赛刚刚过半，那投手看起来也是强弩之末。毕竟，新人容易紧张，他精力消耗太大，后劲跟不上也是应该的。

下一局，明江恐怕就会换上王榆林，他可是王牌终结者。此刻趁着褚晨后继无力，红帆说不定还能翻身。

他们红帆，也曾经是当之无愧的冠军。

无论红帆的球员怎么想，比赛仍在继续。

第二个球，安景琛给了一个正中直球。

褚晨没有反对。

越是对付强棒，越不能一味地只给自己最拿手的变化球，这样他们摸清球路，变化球一样能稳稳当当被打出去。

能做强棒，眼力和定力缺一不可。

褚晨长出口气，这该死的九月天，怎么还是这么热？

他举手，踏步，投球，一切都做得一丝不苟。

力度刚好，角度适中，速度也是中等偏上，这一个球刚投出去，他就知道自己没有失误。

可打者是不会等着投手失误的，只要抓准时机，他们就会挥棒，会努力得分。

邹少铭也不愧是红帆的第四棒，虽然前四局一直没见他出彩，可第四棒的位置确实不容置疑的。

这个时速高达160千米/小时的球，他果断出击，狠狠击打了出去。

褚晨这一记快球球路很正，速度很快，在那么短的时间内，邹少铭却还是作出判断，甚至击打出去的时候略微挥棒向左，把球直接往左外野击打出去。

简直漂亮！

到底是第四棒啊。

左外野是距离一垒最远的位置，以他的跑动速度，从左外野回传，不出意外肯定不能直接封杀出局。

所以在击打出去的一瞬间，邹少铭就扔掉球棒、摘掉头盔，拼命往一垒跑动。

前面是一垒跑垒指导员大声地叫喊："可以上垒。"

邹少铭几乎听不到他的声音，他只用自己最大的力气使劲往前跑。

风在耳畔呼啸而过。

当他稳稳当当踏上垒包，那颗白球才终于回传至一垒手手中。

一垒裁判大声喊："安全！"

邹少铭长出口气。

只要能上垒，只要能不停跑动，总会有机会得分的。

在棒球的世界里，所有不可能都是可能。

这边红帆欢呼雀跃，那边明江也不见太着急。

他们领先两分，越是高水平的比赛，这两分越是难以反超。

可队友们冷静了，褚晨却并不一定。

安景琛投手丘上的青年，无由来生出几许担忧。

他能靠自己撑过去吗？他可以继续投球吗？安景琛心底这样问着。

可他最终也没有叫暂停走过去。

从捕手区到投手板的距离并不遥远，只有 18.44 米，如果是他，几个呼吸就能走到。

但他不能。

为了褚晨的将来，也为了明江的将来，他都要让褚晨自己撑过去。

如果他做不到，他将会跟职业联赛永远擦肩而过。

安景琛并不想看到这样一个热爱棒球、勤奋努力、有天分的青年最终遗憾离开赛场，他希望对方可以一直走下去，或许以后两个人会进同一支队伍，成为并肩而战的队友。也可能两人进入不同队伍，成为赛场上的死敌。

但无论哪一种，打起球来都会很有趣，也会很开心。

竞技体育是条寂寞的路，只有开心，只有满足，他们才能走得更远。

安景琛冷静地站在原地，默默地看着褚晨。

红帆第五棒赵东胜很快站到了打击区，褚晨依旧低着头，没有言语。

安景琛蹲下身体，调整自己的护腿。

给他一分钟吧，只有一分钟，如果不行……

安景琛沉默地想着，一时间也觉得有些纠结。

但还没等他沉默多久，看台上的观众突然爆发出热烈的欢呼声，安景琛猛地抬起头，他看到褚晨仰起头，正冲他挥手。

不远处，俊秀的青年人脸上挂着灿烂的笑。

安景琛一颗飘着的心，终于落回实处。

既然没事了，那就继续比赛吧。

然后，在他的配球下，褚晨直接三振红帆第五棒，没有给第四棒邹少铭任何跑垒机会。在上半场比赛结束的一刹那，褚晨直接摔倒在地，再也站不起来了。

下一秒，全场球迷不约而同地鼓起掌来，感谢他带给大家精彩的比赛。

他的身前，他的身后，甚至连对方的球员们，也都纷纷起身，冲他鼓掌。

比赛虽然没有结束，但褚晨代表明江的第一场比赛，却已经结束了。

这一刻，对于褚晨来说，大概是有生以来最宝贵的回忆。

他苦练十年，说不定也就为了这一刻。

褚晨低着头，被安景琛跟于鑫哲一起架着离开赛场。

安景琛揉了揉他的头，低声笑骂他："臭小子，有什么好哭的？"

褚晨用颤抖的手压了压帽檐，没有讲话。

帽子底下，是早就泪流满面的他。

他下场之后，明江直接换人，后面四场由主力终结投手王榆林出场比赛。

第五局下半场，红帆未失分。第六局双方均未得分。第七局红帆攻击，由第四棒邹少铭取得一分，第八局下半场，明江攻击，由第四棒于鑫哲拿下一分。

到了第九局，比分定格在 5:3 上。

第九局上半场，当红帆第八棒刘欣被封杀出局，红帆本局得分为零的时候，全场明江的球迷都为之沸腾。

他们心心念念了一年，陪着队员们一起欢笑热血，陪着他们一起努力拼搏，终于把总冠军的金杯再度囊获怀中。

观众们在沸腾了几分钟后又安静下来，虽然胜负已分，但是比赛还没有结束。

无论下半场比赛如何，他们都要尊重在场的所有球员。

第九局下半场，明江依旧在认真进攻，而红帆也在努力防守。

当最后一个好球投入安景琛手套中时，裁判高声道："好球！比赛结束！"

霎时间，明江市立第一体育场爆发出热烈的掌声。

明江跟红帆的队员们纷纷走出休息区，感谢观众们的支持和鼓励，感谢他们喜爱自己，喜爱棒球。

这一年的大联赛，便在鲜花与掌声中落幕。

已经休息过的褚晨也跟着师兄们走出休息区，每当有球迷冲他鼓掌，告诉他"小伙子好样的"的时候，他都认真向对方说着感谢。

绕场一周之后，他们陆续回到休息室。

褚晨小跑两步，跟上了正在跟教练交流的安景琛。

等到两个人并肩而行的时候，褚晨小声说："安哥，谢谢你。"

安景琛扭头看他，见青年脸都红了，不由地笑着搂住他的脖子："小晨，我们赢了。我们是冠军。"

褚晨抬眼看他，脸上渐渐露出笑容。

是的。

"我们赢了，我们是冠军。"

他大声地宣告着，仿佛想让全世界人都知道。

我们，是冠军！

{END}

绘 长阳

马球

★马球（英文：Polo，或源于藏语 Pulu 的音译，意即"球"）是骑在马上，用马球杆击球入门的一项体育活动。马球在中国古代叫"击鞠"，始于汉代，并风行于唐代，曹植《名都篇》中就有"连骑击鞠壤，巧捷惟万端"的诗句来描写当时人打马球的情形。但对于马球的起源，目前尚没有确切的说法。

★一场比赛为 8 小节，每节 7 分钟。节间休息 3 分钟，半场间休息 5 分钟。马球场地长 275 米，宽 183 米。球员不可用球杆有意触击另一球员以及他的坐骑。比赛中规定右手持球杆。所以左撇子请自觉退散吧！运动员们必须戴头盔，穿长至膝盖的马靴和皮质护膝。马球运动员因为精于骑射，所以手臂、腹肌和臀部都非常饱满有力哦！

★马也是需要好好呵护的！赛前会为马腿缠上马腿绷带，那是比赛中最容易被击中的地方；飞散的马尾可能影响挥杆，要把马尾如同编麻花辫那样编起，一折为二，并拧起扎紧。（傲娇的马儿安慰无知的人类：别担心，我们都是见惯了大场面的……）

★全球共有六百多个马球会，分布于世界三十多个国家，其数量也正在不断地增加。全球共有五十多个国家举办过马球赛事，由国际性法定认可组织（国际马球协会和国际骑术学会）规范，拥有全球共同规则。每三年举行一次的马球世界杯。至今马球仍是欧洲王室贵族、各国领袖的挚爱，醉心马球的名人包括英国王储查尔斯及其两位王子、苏丹王子以及诸多国际影视明星。阿根廷著名足球运动员——战神巴蒂斯图塔退役后从事马球运动，成为马球界的一道独特的风景线。英国作为 2012 年奥运会的主办国，正在努力使马球运动重返奥运会。

★英国王子哈里本想在纽约之行中在美国民众面前展示一下自己的高超球技，没想到却在众目睽睽之下从马背上摔落。幸运的是，除了自尊心以外，屁股着地的他哪儿也没有受伤。慈善马球比赛是哈里王子公益事业的一部分，他曾许诺继承已逝母亲戴安娜王妃的慈善事业，帮助艾滋病儿童。

运动四知识

★排球运动起源于美国。1895 年 2 月 9 日，由美国麻省霍利奥克基督教青年会干事威廉·摩根发明。起初，人们分站在网球场球网的两侧，将篮球托来托去，参加人数、击球次数不限。比赛中网高 1.98 米。这就是排球的雏形。

★世界杯排球赛为什么总在日本举行？这是由于日本排球协会当年用 150 万美元买下了世界杯男、女排球赛的永久主权。这样，日本就成了举行这一比赛的永久地点。

★发展至今，排球的玩法已经千变万化。如果你觉得你的脚上功夫足够可以，可以凌空倒钩过 2.4 米的球网的话……排球用脚踢也是符合规定的哟！ 1998 年前，排球规则规定膝关节以上的部位可以触碰球，新出的规定是身体的任意部位都可以。在正规的比赛中极少用脚踢球，因为相对于脚面，两条手臂的接触更容易控制住球。打球的时候尽量不要用脚，一是很容易伤到队友，二是效果非常不好。如果非得用脚的话，给个建议，不要用力去踢，而是把脚面绷直，快速把脚伸到球的落点，让球弹到脚面后蹦起来。这样效果会好些。

四万公里以外的月亮在微笑

文 镰足

1.

喂，还记得吗？

月光下你每天对着灰白色的墙垫 1000 次地球，直到被风化的石灰一块块剥落，有时你累了，喘着粗气躺在冰凉的水泥地上，便能看见如排球一般柔软的月亮，你伸出手，将它捏在手里，轻轻揉搓。

还记得吗？

赛场上你目睹二传手精妙的手法，将每一个横冲直撞的球轻轻托到他跟前，然后，在满场的欢呼声下，他扣下一个个凶狠的、刁钻的、众望所归的球，如同炮弹一般瓦解掉对手的防线和自尊心。

还记得吗？

当他伸出手，扣下球的瞬间，你也从心里伸出无形的手，想要助他一臂之力，让球下坠得更加凶猛一些。但你明白那只手那么瘦弱，连同始终不见发育的矮小的身材，注定自己只会是个无名小卒。而他是球场的王者，是闪闪发亮的明星。有众多少女站在看台拉出夸张的横幅，大声尖叫。她们在喊他的名字：培。

还有更多的细节记不清楚，你也累了，不想一一去回忆。就让它们如同尘埃一样散布在空气里自生自灭吧。

2.

小泰气喘吁吁跑进市体育馆时，比赛已进入白热化，还差一分就要结束。隔着那么远的距离，小泰却能看到培眼睛里灼灼的光。他已经渴望胜利很久了。

"啊，又要来了，那种杀人式发球。"小泰听到身后两个男生在议论，目光里满是崇拜、期待和敬畏。

在道听途说了很多次培的神奇发球后，小泰终于能够亲睹。那招名为秘术·黑洞的发球，是培跳起后轻轻松松切出来的，真是不可思议。原本蓝黄白色的排球，因为超高转速的原因，在半空中压缩，变成绿色，下坠时又变成可怕的黑色，像是茫茫宇宙中会吸纳一切的黑洞，吞噬人的自尊心和行动力。

对手6号试图全力挽救，却也掩饰不了双臂的瑟瑟发抖，还没反应过来，球便擦过肩膀飞去身后的角落，接触地板后"嗡"一声弹开，劈头盖脸飞去观众席。威力果然巨大。

哨声响起，比赛结束。

培所在的云森中学摘得省区桂冠，三个月后直面全国大赛。此时此刻，小泰简直也想冲进人群中，同他们一起庆祝胜利带来的喜悦。不知是不是错觉，发完那个球后，小泰看见了培脸上痛苦的表情，但那表情只停顿了一秒，甚至更短。

突然，手机不合时宜地响起，小泰掏出来看，是同桌科林发来的简讯：不好了，班主任来了，我说你腹泻去厕所了！赶快回来！

今天是星期三，原本排球队成员可以前来观看这场精彩绝伦的比赛，学习经验，但班主任说，今天必须留在教室自习，因为——上周的摸底考试排球队成员全部垫底！所以小泰是偷跑出来的。初夏的公车站空无一人，树上有只巨大的蝉，也始终保持着沉默。

"快点开啊司机！"小泰在心里默默念道。

这样的愿望，终于还是实现了。

于是，从四肢百骸涌来细微的酸涩和感动，最后，它们汇聚在一起，变成江河和海洋，彻底淹没了小泰。恍惚中白天转换成了黑夜，小泰躺在草丛中，看着天穹里苍白的月亮，它似乎也在微笑。

3.

小泰一直记得初中时那些不堪回首的破事。入学不久，班里的男生不是进了足球队，就是篮球队，但小泰却因为瘦弱矮小的身材，惨遭双方的拒绝。灰头土脸地离开学校后，小泰途经一间宠物店，被隔着玻璃窗向它卖萌的鼯鼠吸引，于是决定推门进去看个究竟。

那是一只体形略胖的鼠，眼珠子如同黑珍珠一般透着光泽，此刻它正在铁笼子里乐此不疲地追逐自己短短的尾巴。不知追了多少圈后，它才站起来，用水灵灵的双眸看小泰，好像在说："快点带走我呀。"

小泰情不自禁地伸出手指，想去逗那只鼯鼠。

"小心，它会咬人。"身后却突然响起一个声音，惊得他条件反射地往后缩。

转过身，小泰看见一个身材高挑的男生走过来。他身上穿着云森中学初中部的校服，可是……个子怎么会那么高？那么高的男生，一定参加了篮球队，还能不费吹灰之力成为主力队员吧，小泰羡慕地想。

"别看鼯鼠温柔，却会咬不熟悉的人。"

"是……这样吗？"小泰自言自语，"就凭这样的小不点？"

"别小看小不点，它还会飞哦。"

这下真的 shock 到小泰了，没想到看起来不起眼又胖胖的鼯鼠，居然还会使用"飞"这个技能。只可惜现在它被关押在笼子里无法现场演示一遍。

这是小泰第一次见到培，瘦弱的小泰，看到身材高挑、面貌英俊的培，自卑心理更是发作到巅峰。上天就是如此不公，一气之下，小泰掏出钱包，用光所有零花钱买走了那只跃跃欲试的鼯鼠。

很久之后，小泰才知道那是培的姐姐开的店，说是店，其实只是个宠物医院，大多数情况下，那里收养的鼯鼠、猫和狗、鱼类都是不卖的。因为姐姐会暴怒。但不知出于什么原因，当小泰提出要买走鼯鼠时，培没有解释和阻拦。为此，培被姐姐罚清洗店里的地板一个星期。

鼯鼠入住小泰的房间后，他开始了每天去菜市场捡拾讨要烂水果和蔬菜叶子的生活。别的男生都在下课后第一时间赶往操场和体育馆，只有小泰，孤零零地回家，逗他那只同样孤零零的鼯鼠。惺惺相惜让他们的关系迅速变得熟络。

一个月后，小泰将鼯鼠从笼子里放出来。

他以为它会感激它，会跳上他的肩膀展示绝技，没想到，鼯鼠却失踪了。但小泰确信它没有走出家门，因为每天晚上放置于窗台的瓜子，第二天都会变成一堆瓜子壳。

4.

很长一段时间里，小泰从未想过会在小区门口碰到培。初秋的夜晚，月光皎洁明亮，小泰抄近路去超市购买瓜子和饮料。路过一段灰白色的破旧围墙，小泰突然听到了有规律的"啪啪"声。是谁在打篮球吗？但仔细分辨一下就知道不是，那是一种钝重的，如同心脏跳动的声音，而非篮球撞击水泥地的清脆声响。

等到走近了些，小泰才看到是个个子高挑的男生在对着墙练习垫球。他旁若无人的样子很吸引人……再定睛一看，居然就是先前在宠物店遇见的男生。

还有男生对排球感兴趣？

如今的社会，男生们都对足球、篮球等会吸引女生目光的运动感兴趣，排球，那是娘炮才会玩的吧？

"喂……"小泰喊。

对方回过头，有事吗？

"你怎么不打篮球啊？个子那么高。"

"排球，也很好玩哦。"培笑笑，然后像老朋友一样地询问小泰，"那只鼯鼠还好吗？"

啊，他居然记得自己，小泰的内心颇为激动，思前想后撒谎道，很好呢，我去超市给它买瓜子。

半小时后，小泰买完东西返回至那里，培居然还在练习同样的动作。

"不枯燥吗？一直接球。"

"因为没人陪我练习啊，所以只能这样。要不，你给我抛球吧？"

"我不会的……"

"只是抛球，抛到适合的高度。"

"这样啊，那我试试看。"

天气晴好的夜晚，月亮如同巨大的阿司匹林，一阵风和雾气吹过，药开始溶解了一些，散出催眠的气味。然后昏昏欲睡的状态随即被分解，因为小泰见识到了男生可怕的弹跳力，也明白了培是主攻手，擅长刁钻的扣杀。"啪"一声后，尘埃四处飞扬，吓走一旁路过的流浪猫。培跳跃的样子很好看，很自然又青春，扣杀起来却毫不含糊。

就那么不知疲倦地陪对方练习了半小时之久，小泰才想起来要回家。

"今天谢谢你。我叫培。"

排球，也是不错的一项运动呢。在回家的路上，小泰一直那么想着。

于是第二天，小泰就参加了学校的排球队。男子排球一直不是学校里的热门部门，所以就算加入后，训练的日子也不多，队长也是一副三天打鱼两天晒网的懒散样子。更别说是比赛了。常常，放学后小泰一个人去体育馆，占据一个角落的位置，学着培的样子，对着墙垫球。

明明看起来很简单的动作，放到小泰身上就不行了。

球总是不听话，刚垫了几下，就急不可耐地飞走了。

到底哪里出了问题呢？

篮球队的男生们走过来嘲笑小泰，哈，个子矮进不了篮球队，现在跑来打排球丢人现眼。你以为打排球就不需要身高吗？

小泰才恢复的自信心，立刻就被那些冷嘲热讽浇灭了。

好在，几天后的晚上，他又在围墙边见到了练习的培。

"我加入了排球队。可是队员们都不积极。"他苦恼地说。

"那你陪我练习吧。"

"可是，我个子矮，恐怕不能像你那样大力扣杀吧。"

"排球，不仅仅是扣杀的。"培说。

小泰疑惑地看着他。

然后他说了一段让小泰豁然开朗的话——排球，是群体的运动，如果没有一传手的垫球，二传手的灵巧传球，那么……再凶狠的扣杀也无用武之地，毫无意义。况且除了进攻，排球也是需要防守的。

"如果足够努力，那么你可以当自由人。"培说，"自由人需要很好的技术，目的就是不顾一切地将所有球救起，不能让球落到地面。"

说出这样的话的培简直帅呆了，原来培并不是虚有其表的男生，他还有一颗懂得安慰人的心。小泰喊，好！我的目标就是当自由人！

培当然不知道喊出这句话的小泰，一脸严肃表情又有点愣的小泰，真的在接下来的两年里付诸了多大的努力。他看不到小泰在夜晚对着墙疯狂练习，也看不到他逃课去看各种比赛，更看不到……因为，培搬家了。从那以后，小泰再没碰到过培。他只在女生的八卦里听到关于培的一切。

比如，培很爱吃西兰花和水煮鱼，培最爱的颜色是黑色，培又长高了一些，培练成了非常厉害的发球。他一直在突飞猛进，而自己……是个默默无闻的无名小卒。这也难怪，学校的排球队实在太糟糕了，每次出去比赛，都是首轮出局。

最令人伤心的是，小泰的努力从来受不到任何人的认可。

连队长也说："随便打打就好了，反正没有女生过来围观。"

"那是因为……我们打得不够出色啊！"小泰在心里默默呐喊。

5.

中考结束后的那个暑假，小泰开始了每两天一次的夜跑，目的很简单，为了增强体魄。三年下来，别的男生的个子都唰唰地窜上了180cm，只有小泰还是以龟速发育着，被班里的女生戏称"万年正太"。以小泰的成绩，是可以去市内的重点学校第一中学的，但他不顾父母的极力反对报考了云森中学，那所盛产问题学生的学校。小泰心知肚明，那里的排球队是全国都有点小名气的。培这样的苗子，学校绝对不会轻易放走。只要考进那所学校，就可以和培成为要好朋友，可以随时随地地进行练习了。

小泰觉得自己大概是疯了。

只有文化成绩一团糟的人才会选择那样的学校。而小泰的内心仿佛燃烧着，就好像陪着培练习的那两个晚上，从未冷却过。他迫切地想要见到培，想要让他肯定自己两年来的努力。

可是……小泰却落选了。

排球队的主教练说：你的身高不适合。

"可是，我可以当自由人啊。"小泰倔强地喊。

却没有人听到，或者说，假装听不到。

已经有两年没见到培了，现在……依然见不到吗？只怪自己当时没有索要联系方式。小泰懊恼地收拾背包，准备回家继续练习。偏偏这时，两个路过的女生在讨论的话题吸引了他。

"我们去体育馆吧。"

"好啊好啊，那个叫钟林培的，简直太帅了！"

培？

会是培吗？

鬼使神差地，小泰跟着女生来到了体育馆，四处充斥着汗水和云南白药的气味。木质地板已经被年轻跳跃的身体打磨得光滑无比。小泰小心翼翼地走在上面，眼神却在四处搜寻。

那是……培吗？

除了身高变得更高外，手臂和大腿也变得强壮了些。云森中学排球队的队服是黑白相间的，看起来很酷，也很适合冷静的培。他看起来和别人都玩得很好，所有人都信任他，将球传给他。

扣球的威力更大了呢……也是在那天，小泰目睹了真正灵活顽强的自由人。那是个和自己身高差不多的男生，但他似乎有用不完的体力，总是笑得阳光灿烂，全力扑救飞出去的球，像是在海中遨游的鱼。他不怕受伤吗？原来自己还差得远呢。

思考间，排球突然毫无预兆地朝着脸呼啸而来，培朝着小泰喊：那位同学，可以帮我们捡一下球吗？

他用的是"那位同学"，而不是"原来是你啊，好久不见"。

本来，小泰还幻想着培能认出他，他也可以自豪地说，我练了很久哦，现在也很厉害了，要不要我再陪你练习一下。可是……现实是残忍的，培已经不认识小泰了。

6.

因为这样的再次重逢，小泰消沉了整整一个月。一个月过去后，鼩鼠突然出现在天花板，它的黑眼珠看着躺在床上面无表情的小泰。小泰伸出手，怪腔怪调地说，

hello。请问最近的瓜子喜欢吗？

鼯鼠依旧看着它，它的身形消瘦不少，也正因如此，身手也变得矫健。当小泰还迷迷糊糊时，它就那么滑翔下来了。没有翅膀，有的只是小短胳膊连接身体处的薄翼，不知是技术不到家的缘故还是故意的，鼯鼠降落的地点是小泰的鼻子。它锋利的爪子死死扣住了小泰的鼻孔。

于是，一阵哀号后，小泰跳起来了。等到回过神来，鼯鼠再次消失了。

这算什么？

难道只是因为想在自己面前显摆一番，就回去过逍遥日子了吗？

小泰简直气不打一处来，但仔细想想，区区一只鼯鼠，在笼子内被禁锢那么久后，依然能学会飞翔这个技能。作为一个堂堂正正的男子汉，怎么能轻易中途放弃？

决定了！一定要继续打排球！随便去哪所高中就读，也要进那里的排球队！

一直打到自己能参加正式比赛，然后以正式成员的身份和培比赛一场。听起来很可笑是吧？但是理想如果能轻易实现的话，就不能称之为理想了。

还有半个月才开学，小泰又开始了独自对墙训练的日子。他的脑海里，满是云森中学自由人跳跃和翻滚救球的英姿。自己，能达到那种水准吗？

暑假结束后，小泰终于听从父母的话，进第一中学读书。认识新同桌科林的第一天，他就伏在课桌上神秘兮兮地对对方说，喂，要不要去打排球？

小泰本以为第一中学这种地方，应该满校园都是那种戴着厚厚眼镜的书呆子，却没料到科林也是一脸期待地回答，咦，你也打排球吗？你初中是哪个学校的？真是幸运，一下子就找到了同盟。

放学后，小泰和科林一同前往第一中学的体育馆，打开门的瞬间，小泰简直要被眼前的情景吓呆了。篮球场上，小巨人们用精湛的运球过人、三分投篮和暴力灌篮吸引着女生们尖叫，这一点想必大家见惯不怪了。可是，就在一旁的排球场旁，居然也围满了好奇的女生。

扣杀、扣杀、还是扣杀！各种强力扣杀令人眼花缭乱。

哇……原来第一中学有那么多高手，小泰的心一下子欢呼雀跃了起来。

"请让我参加排球队！"对着招新的学长，小泰信誓旦旦地说道。

出乎意料的是，学长并未对小泰的身高质疑，而是满脸善意的笑容，"是真心喜欢排球吗？你都擅长些什么呢？"

"我……擅长接球。"明明已经练习了两年，自信心却还是不够足。毕竟，自己都是在一个人练习。

"这样……"学长站起来，喊来一个二年级的学生，"喂，龙平，发几个球给学弟。"

一开始，龙平发的还是中规中矩的球，但后来看到小泰都能稳稳接住后，突然起了坏心发了几个刁钻的球。小泰左右扑救，一个跟跄朝右倒了下去。就在那瞬间，他突然觉得自己像鱼一样自由，空气是海水，而球是倒在水中的月亮。鱼的本能，是要追逐光线。小泰闭着眼，不要命地跃过去补救那个任谁看都救不回来的球。

手背，触碰到了月亮，然后一个灵巧的跟头，小泰安全着地。

那种感觉，真是畅快淋漓，令小泰想到了那些训练的日子，垫球垫累了躺在地上，月亮仿佛触手可及，于是他总会情不自禁地伸出手去。

他沉浸在自己的世界，心情愉悦，所以并未发觉所有队员、围观的女生、包括教练都站起来了看向自己。

"做得不错嘛！"招新的学长跑过来拍拍小泰的肩膀。

"哇……没想到那个小个子防守那么厉害。"女生们窃窃私语。

"而且，长得也很可爱呢。"

成功了吗？

……不，离真正的成功还远得很。现在只是踏上正轨，距离培的水准还差得远呢。

7.

每周星期一、四的傍晚都是训练的日子。而星期六、星期天则需要全天过来进行艰苦的训练。这样的生活在别人看来尤为枯燥辛苦，却让小泰觉得踏实。在第一中学的排球队，他认识了招新的学长，也就是队长克山。第一次训练前，克山对所有一年级的新生介绍了现有成员。至于名字，小泰已经记不得了，脑海里仅存的记忆只有：冷酷的主攻手爱吃意大利面；温柔的二传手爱喝冰冻的柠檬茶；主教练每天吃一个牛肉汉堡，要超级辣的；同桌科林喜欢西兰花……

西兰花这种蔬菜，一下子令小泰想到了培。

到底要过多久，才能在球场上见到培呢？小泰不知道。

现在他要做的，只是日复一日枯燥的训练，和球队成员的磨合。排球，毕竟是讲究配合的运动，即便是个疲于奔波救起一切球的人，也需要学会看对手的眼色、手势……还要适时地鼓励、安慰队友的失误。当然了，现在，小泰一直是被鼓励的角色，还轮不到他鼓励学长们。

于是除了学习，小泰的高中生涯，只剩下夜跑，在空旷的体育馆内收拾散落一地的排球，观摩学长们的日常比赛，学习经验……以至于回到家后，脑子里还响着双腿踩踏着木质地板发出的声音，以及，汗水滴落的声音。空气中回旋着年轻气盛的味道，还有，云南白药治愈伤痛的味道。

那种味道让小泰安心又兴奋。

很快，第一中学排球队就迎来进入高中后的第一场比赛。

当克山宣布星期六下午和第三中学的球队进行友谊赛后，所有二三年级的队员只是轻描淡写地回答，知道了。仿佛任何比赛都是家常便饭般稀松平常，只有小泰、科林等一年级新生的手心是灼热的。

"喂喂，你摸摸我的手。"科林低声喊。

"我也流了很多汗。"

"你应该会上场吧……毕竟你是我们当中最厉害的。不过没想到你居然独自练了那么久！太可怕了！"

"唔……"

怎么回事，明明期待了这场比赛很久了，当它真正来临时，你又会害怕，又会担心得吃不下饭，甚至于……从来不会失眠的小泰居然失眠了。

虽然克山不断地鼓励小泰，不要担心，第一次谁都会紧张。

可是，一切都是那么一败涂地。发球，居然没有过网；扑救，打乱了队友们的配合；拦网和扣杀……请问有小泰什么事吗？

这场比赛，简直是耻辱一般的存在。在此后的日子里，它是无论如何都无法抹去的悲惨记忆，就连家里的鼹鼠都要鄙夷自己，开始嫌弃一成不变的食物。放置于窗台的瓜子也是无鼠问津了。

世界变得一片黑暗。

8

就在那个时候，培再次出现了。

812路公交车，平日里都很拥挤，那天却人很少。光线从褐色的玻璃里折射进来，镀在胳膊上暖暖的。那天小泰打电话给队长，说身体不舒服就不过来了，转身却上了电车，至于在哪里下车，不清楚。他只是想去某个陌生的地方散心。突然，培出现了……这一次，他的身边出现了陌生的女孩。

那是个很漂亮的女生，却又不是明目张胆的那种。女生的泡面头、浅绿色衬衫、溪水一般的笑意让小泰也觉得很舒服。

起初，他们还站在远离自己的位置，慢慢地，别的乘客上来了，他们自然而然地往里靠。

于是，原本听不到的对话变得清晰了许多。

女生说：你胳膊上好多伤口。

培说：没事，过几天就会好。我身体的恢复速度很快。

女生笑：但是我觉得有伤口很酷怎么办？

然后培捏捏她的脸蛋。

一切都是很自然的动作，没有任何铺垫和造作的情绪。

她会是他的女朋友吗？他们认识多久了？发展到何种程度了？

小泰的脑子里满是这些。但他又清楚地了解，这一切，都和自己没有任何关系。

沉默了几分钟后，女孩开辟了新的话题，她说，能不能送我你姐姐店里的那只鼬鼠。培带着抱歉的笑容回答，不行，我姐姐会骂死我的。那些都是她的宝贝。女孩只好说，那好吧，等哪天有空了再去逗它玩。

鼬鼠？

那里的宠物原来不是拿来卖的？

那为什么……那天培没有阻止自己呢，小泰惊愕地想。

又过了十分钟，女孩下车了，培还留在电车上。体型高大的培顺理成章吸引着异性的目光，小泰抬起头再次端详久违了的培。距离第一次在宠物店见面，已经过去两年多。现在，除了体型之外，似乎一切都没有变。他的手肘处红肿着，很显然是那种新鲜的红肿。小泰当然明白那红肿意味着什么……毕竟初中时，他总是试图用长袖衬衫来遮挡如影随形的红肿。

现在……呢？

小泰摸摸自己的手肘，那里很光滑，那代表着，自己已经有一段时间没有尽心尽力地训练了。

等到电车到了终点站，培才整理了下打开的帆布包，双手插袋地下了车。小泰也鬼使神差地跟着他走进一条光秃秃的马路。原来培的新家是在这一带吗？突然，培转过身来，义正词言地问，你跟我走了很久了，到底要干嘛？

那一刻，不知出于什么原因，小泰哭了，也许有不甘，也许因为委屈，总之各种情绪尽情地搅拌在一起，彻底发酵后，才从眼眶里掉出来。进入冬天后，空气吸入鼻腔凉凉的，生涩又干燥。

"你怎么了？"培问，他恢复成了原先的那种声音。

"我的鼬鼠……不见了。"

"鼬鼠？"

片刻，培大概想起来了，啊，你是当时那个陪我练习的人啊。抱歉我还不知道你叫什么名字。小泰想，你当然不会知道，因为你根本没有问过我的名字，你只是很酷地说了句我叫培，然后头也不回地消失在黑夜中。

"好久不见，你好像还是没怎么长高啊。"他说。

"……"

"怎么样，还在打排球吗？"

"……"

"有交女朋友吗？"

"……"

"……"

"为什么，要把那只鼹鼠卖给我？"小泰问。这个问题似乎让看起来颇为镇定的培小小地吃了一惊。但很快他就将那惊讶悄无声息地抹去，从容回答，"因为……那天的你看起来很可怜啊。如果拒绝你，你应该会大哭一场吧。"

站在光秃秃的马路上，培给小泰看胳膊上的伤痕，新老伤口交叠在一起，像是鸟类的羽翼。但小泰不好意思拿出自己的，他只是在念叨，我还远远不够呢。

既然连被称为天才的培都在私底下那么拼命地训练着，那自己怎么可以因为一场比赛的受挫而彻底放弃呢？小泰说，对不起培，我要走了，我得去训练。

"再见。"培的笑容弥漫在空气里，"记得来看我的比赛哦，在岳山体育馆，星期三下午两点半！"

那天的天很蓝，像婴儿忧郁的眼神，小泰一直记得。

那天，小泰几乎是连滚带爬地闯进体育馆的，却发现里面空荡荡的，只有克山在整理散落一地的排球。听到动静后，克山扭头给了小泰一个灿烂无比的笑容，"欢迎回来。但是，训练已经结束了。"

"抱歉……"

"这句话不要和我说。"

"真的很抱歉。"小泰再一次地不争气地哭了，"我不会再逃避了。"

那次和培偶然遇见后，小泰又有几个月没有见到他，只是在学校里不断听到关于他的传闻，比如他所在的校排球队所向披靡，在初选赛里干掉了种子选手；比如培的发球越来越稳定且凶残，简直是所有一传手的噩梦；还比如培最爱喝的柠檬冻可乐成为很多女生争相追捧的人气饮品……小泰听着这些八卦，只是无可奈何地笑笑。

直到他听到别人说：培和女朋友分手了。

怎么说呢，小泰是有点高兴的，但不知道究竟在高兴些什么。那个女孩，看起来很可爱，单纯又漂亮。但是，在小泰的眼里，没有一个女孩能够配得上培。

培，就像是距离地球不远处的月亮，冰凉美好，仿佛触手可及，其实却是无法企及。没有人能够抵达那儿，它一直在那里孤独地旋转。

知道吗？月亮距离地球只有四十万公里，它始终在苍蓝幽暗的天穹里阴晴圆缺，伤心微笑。那样的笑容，变成淡白的月光洒下来，仿佛我们每个人都能随时随地地拥有，却其实，没有一个人能真正拥有。

这么说也许很晦涩，但事实确实如此。

上次培邀请他去看比赛，他终究是错过了。今年，就算是被班主任批评，被要求写保证书也不能错过了。

但是粗心的小泰居然坐错了方向，等他反应过来，比赛大概已经开始大半，急匆匆地从回程电车上跳下来，小泰气喘吁吁地撞进体育馆，气氛已经变得白热化，所有观众的目光灼热，仿佛随时都能点燃空气里的氧气分子，爆炸后激烈燃烧。

"啊，又要来了哦，那种杀人式发球。"

小泰听到这样的议论，然后，电闪雷鸣般急速旋转的球从一端轰炸至对方场地的正中央。没有人敢去接那种丧心病狂的发球。

小泰自己呢？他也没有信心。

即便现在的他已经靠"鱼跃接球"让各种主攻手头疼不已，要知道，小泰可是不死的小强，只要球不落地，就会想尽一切办法地扑救起来。但那种接球术是一把可怕的双刃剑，除了体能消耗大外，小泰的踝关节和膝关节都不堪重负，有了不同程度的伤害。医生警告过小泰，不要再那么拼命救球了，否则……后果不堪设想。

"但是，没有了鱼跃接球的我，还有什么能耐和培对抗呢。"小泰心灰意冷地想。他总是在阴雨天气里轻轻揉搓踝关节，以减轻疼痛。科林一脸关切地询问，怎么啦，最近练太多了吗？

"我没事。"小泰总是轻描淡写地回答。

10.

其实今年的选拔赛，第一中学也有参加，只不过在遇见培的球队之前就被另外一支种子球队干掉了。那支球队最厉害的不是主攻手，而是看似不起眼的二传，那个眉眼温柔，头发柔软的男生，有着奇妙的魔力，能够瞬间抚慰失去战斗力者的能力。当然最厉害的还是他的发球——幻月。

所谓幻月，就是球来到敌场后会因为怪异的转速变成两个，如同幻觉一样。

那么，接球手就会碰到难题，到底哪个才是真的呢？

只有 50% 的概率猜对不是吗？

这种发球困扰了第一中学很久，比分逐渐被拉开，直到最后，小泰和队长同时灵机一动，喊出：那就把那两个都当作是真的，两个人同时去接。可是为时已晚，大局已定，第一中学在拼尽全力后还是输掉了比赛。在此之前，他们战胜了拥有巨浪截击拦网术的北华中学，战胜了利用组合龙团队战术的第八中学。此外，小泰还观看了别的球队之间的比赛，流花中学的阿布的重岩钢炮大力扣杀球让木质地板都扬起了木屑，真正做到让在场所有人都目瞪口呆。玉龙中学的叶辉的绝技则是必杀忍蜂，利用球的漂移发出嗡嗡声，扰乱对手的听觉……

"掩护！""再来一球！""别太在意了！"

"擦一下汗！""我没事。""看我手势！"

球场上始终充斥着类似的喊声。

又过去一年多，小泰始终觉得自己无论多么努力，还是那个如同蚂蚁般平凡无奇的少年，有那么一瞬间，他以为自己和培的距离缩短了，然而一抬手，才发现那是美好的幻觉。后来在电车里再一次遇见培，他多么想说，你能和我对练一次吗？就在以前的那个地方。你能给我你的联系方式吗？

可他终究没有勇气说出口。

月亮已被乌云挡住了，光线悉数熄灭，变成尘埃扑扑簌簌掉下来。然后，雨水和泪水交集，同时淹没了它们。

培和新的女朋友同时下了车，一把黑色的伞打开后，便只能看到女生美好的小腿，以及培看起来结实不少的后背。声音逐渐变得模糊，但小泰始终能辨析出这样的信息，他们的关系很密切。

现在，小泰只是定定地看着用毛巾擦拭汗珠的培，他的头发长了些，所以看不清他的眼神，脸上的表情。

手机再次发出焦急的滴滴声，信息如同鱼群一样拥挤着进来，压缩成一个密实的罐头。"快点回来啊，班主任发怒了。""你会死得很惨……""怎么不回复我？""快啊……"

就在小泰转身走出通道准备回去时，身后突然响起了那个熟悉的声音。

"喂……你真的来看我的比赛了吗？"

"嗯。"声音含糊不清，连自己都听不清楚。

"等下有没有空去外面的咖啡店喝一杯？"

小泰惊讶地回了头。

培还记得自己，他并不是如同蚂蚁般的平凡少年，就像现在，培的队友们走过来后吃惊地问，你是那个第一中学的一传手吗？你的防守真的非常厉害哎！你是怎么做到的？

哎？真的吗？冠军队的球员都在称赞我哎，小泰的心中大喜，脸上却依然是那种木木的表情。

他说，好啊，那就去喝一杯吧。

喝酒当然是不可能的，培和小泰都未成年，所以是喝那种冰冻的饮料。培照旧要了柠檬冻可乐，不断地有气泡从杯子底部冒上来。小泰咬着吸管艰难地说，"恭喜，进入全国大赛了"，但他还是不敢在近距离看培的眼睛。他怕他会瞬时陷进去，无法自拔。

"可是之后的比赛我都不能参加了。"培耸耸肩膀。

"什么？！"

"因为手部的神经受伤很严重。"

小泰这才发现，培的右手在发抖，连一根吸管都不能好好拿住。这到底是怎么回事？培像是能解读小泰内心一样回答，因为那种发球。

"那场比赛，我们几乎要输了，所以必须用那种发球夺回比分。虽然教练和医生都警告过我，可是……我不想球队输。"

"你怎么那么傻！"等明白过来，小泰突然失控地喊出声，咖啡馆的客人都回头好奇地看着他们。培大概也没有想到小泰的反应会那么激烈，他摆摆手说，不要紧的，下个月我就会去英国读书了，顺便在那里治疗，应该可以治好的。

超快转速的发球，让排球看起来像是吸纳一切的黑洞。但是却会让手部神经受伤，不能多用。吸收掉所有嘈杂的声音后，世界立刻安静了。"我喜欢安静，所以企图用这样的发球制服所有质疑我的声音。"培笑着说，"总有人说我不够努力，靠的是身高和天赋。这让我很难过。"

——不要难过。

——至少，还有很多喜欢你的人，包括我。

——再见。

——这次是真的再见了。

"请一定要继续打排球！"站在人来人往的街道上，小泰朝着培喊，"放弃那个发球就可以！请忘掉它！"

"嗯。你也是。"

已经是初夏了，街道上的泡桐树绿得很好看，植物的清香不动声色地弥漫了整条窄窄的街道。女生们结伴来这里拍照留念。后来某一天，小泰见到了那个所谓的，培的新女朋友，他鼓起勇气上前和她搭讪。最终却得知他们从未谈过恋爱，甚至连要好的朋友都算不上。

那为何？那个雨天……

"那次只是他看我没有带伞，就送了我一程。"

只是这样？

培的笑脸再一次浮现在小泰面前，月光一样恬淡。月亮距离地球那么远，我们却能看见它的微笑。而培呢……他就在眼前，在城市的某个角落，小泰却看不清他的表情。这么多年过去后，他将只身前往更加遥远的地方。他会过得好吗？会想起那个陪他练球的男生吗？会嘲笑他说……当时你看起来就像那只可怜兮兮的鼹鼠……吗？

一抬头，起飞的飞机掠过这城市，傍晚的灯火虚晃着边界线，机翼如同巨大的鸟类翅膀投下淡淡的影子，撕扯着叫嚣着，划破天穹，带走了所有记忆。

于是，拉拉队的欢呼声、夜跑汗水滴落的声音、空旷体育馆内地板散发的气味、扣球发出吱吱声、汗味和云南白药的气味、女生天真的笑脸、夏天的热浪、柠檬冻可乐里的气泡……全部都消失了，像被谁回收了一样。

月亮再一次地出现了，如同一个全新的排球，散发着惹人犯罪的光。小泰对着那束光，突然就笑了起来。笑意越来越浓，像是溶解的药片铺满整张木木的脸，有什么在激烈释放，抚平了扭结的伤口。

微笑，请记得微笑，即便伤口在隐隐作痛，还是要微笑，微笑着打球，微笑地看着距离我们四十万公里的月亮。

{END}

绘 迷子

运动冷知识

羽毛球

★很多人觉得羽毛球是最慢的球类运动，其实真相并非如此，恰恰相反，羽毛球速度最快，扣杀的时候可以达到 332 公里 / 小时。

★有这样一个传言，未经考据，将羽毛球完善推广的英国军官们其中有一个是色盲，因而羽毛球均为白色的。

★如果你是入门级，又不想输得太惨，单打发球时故意擦汗，等对方稍微放松警惕时突然发平高球或者小球。

★双打看到对手是左撇子和右撇子的组合可以直接杀中间，一定概率看到他们互相磨拍子，然后内杠（仅限菜鸟对手）。

★一些老成的新手喜欢在双打时候故意在背后给队友发信号，注意这个时候他们十有八九是准备发后场。只需要暗中有退后两步的意识，接发球手拉低，隐藏好。然后就等他喂球把，你只需要后退然后起跳杀球。一板必杀的感觉很爽的。

★很多刚开始学双打的朋友们有个通病，就是接发球不放放网。如果挑后场又会被杀，那么推平球就是最好的选择。这个时候掌握这种心理就好办了，发球发靠近中线的地方，他五成概率以上选择推对角。你只需发完球后直接退对角举好拍子等他喂球，中场球一击必杀不是什么难事。

冰球

★这个运动被称为最野蛮的运动……因为，冰球是允许打架的，打架是冰球比赛的一部分噱头！

★每个队都有专门的人才是专门负责打架的，这个叫"行刑人（Enforcer）"，除了打架还负责保护得分球员。

★一般打之前还会很斯文的互相示意，然后扔掉手套和球杆，再开打，打出胜负了再由裁判拉开，一般是判罚下场几分钟，这种打架是鼓励的，观众也爱看。当一方扔掉手套和球杆，就说明他在告诉周围人我们要打了！

★如果是故意下黑手，比如在人家背后用器械什么的就要禁赛和罚钱，2004 年的科罗拉多雪崩对温哥华加拿大人队，贝尔图齐就因为比分落后然后恼羞成怒戴手套兼背后攻击对手，而被罚 50 万美元。

绘 撸君

奔跑吧！男神

绘 林跃然

冰對之刃

文 香小陌

1. 左翼锋

这世上，还没人能从布雷德·哈格茨基挥动射门的冰球杆下将球截击。

他出手必中，联盟当之无愧的王者，球迷仰望膜拜的"哈格大帝"。

这事实在开赛之前仍是大联盟赛场上绝对的真理。然而今天，这条铁律被轻易打破，一杆击碎。

联盟季后总决赛，温哥华雪崩队主场迎战赛季黑马西雅图冰刀队。

哈格茨基一身雪白战服，白盔白鞋，额发在面罩下卷曲，眼神冷静而睿智。他面前的对手身形清瘦，像个没长开的大男孩，面孔与身材充满东方气质。

冰刃在冰面撕开一块弧形进攻区域，腾起的冰雾瞬间让对方的防守组呼出寒气，步履僵滞。哈格茨基坐镇雪崩队右路八年，太擅长瞬息之间变换路线和步伐，将对手尚未成型的防线轻松绞杀。他流畅地从边路突破，在对手扑杀而上时进行侧撞！

冲撞瞬间，他的宽阔肩背看起来轻而易举罩住对手的胸膛。撞上来的小子，简直以卵击石。

少年球手的队服反射出亮蓝光泽，侵入哈格茨基的视域范围。面罩掩住半张面孔，露出一副颇显性格的尖锐下巴。两人相撞一瞬，哈格茨基甚至预判到头盔与肩胸护具即将发出的细碎爆裂声。

那少年却没有撞向他，而是以更快速度飞向界墙，撞向了挡板！

透明钢化玻璃后面簇拥着主队球迷，面孔挤压在玻璃墙上挥舞硬拳。蓝衣少年在一片静大的瞳膜上留下暗色的闪电！然后，宛若一道弧形电流，滑过哈格茨基与挡板之间的狭小空隙。

瞬息间的手感让哈格茨基意识到，他球丢了。

"天呐，看那个 37 号！冰刀队的左翼锋 37 号杰瑞米·韩！他阻截住哈格茨基的进攻，他带球冲向雪崩队球门！"

"两天前冰刀队就是这样淘汰白盔！哦不，哦我们的门将，哦 damn good shot……"

哈格茨基甚至不用回头看。东方男孩超越他的路线诡异，步履优雅，而且没有丝毫减速……满场戛然而止的欢呼与队友骤然放弃式滑行告诉他，那小子已经改写比分。

哈格茨基回头捕捉对手的目光。进球少年并没有欣喜若狂，没有向发出嘘声的球迷示威。杀手脚下急停，遽然转身，表情像是故作冷漠。沾染雾气的面罩下看不清眼神，杰瑞米·韩抿住嘴唇，嘴唇也和面孔一样发白。

"以为已经长成一条狼……原来还是只兔子。"

"很灵活的兔子，就是有点儿害羞，还是放不开。"

哈格茨基淡淡扫视，嘴角挂着有风度的微笑。雪崩队有的是扳回比分的机会，他并不着急。

上方演播室内声音聒噪，主持人用磕磕巴巴的声音不太情愿地念出客队黑发杀手的资料。

"杰瑞米·韩，这是大联盟 18 支队伍首发六人名单里唯一华裔球员……他十七岁，哦他已经是本赛季新人得分王了！是的，他应该有个中文名字，但是我们现在还不清楚他、他的……"

"他叫韩钰。"哈格茨基自言自语，替解说员念出名字。

这名字他怎么会不记得……

两天前，就是这个叫韩钰的年轻人带领西雅图队击溃芝加哥队。富有的芝加哥白盔队骄矜的球迷在场上挥舞极不雅观的手势。转播员轻蔑地嘲弄东方霍比特人只有五尺五寸的身高，以及一撞就飞向挡板的悲剧性的身体素质。然而，东方杀手用两粒截杀式的断球反攻，摧垮了芝加哥人的骄傲……

今天这种狼式的偷袭攻击还要重演吗？

吉米望向他们的队长："布雷德，那小子速度很快，别让他近身！"

罗杰吼道："队长，你拉回中路，让肥鲍收拾他！"

哈格茨基用眼神让暴躁的队友闭嘴。右翼是他无可动摇的位置。大联盟赛场上累计打入将近两千个进球的哈格大帝，从未有面对强劲对手依靠换位置逃避对决的耻辱记录。

"好的现在是雪崩队拿球，哈格茨基起速了！"

"他横传吉米，然后回撤！……吉米转身，哦哈格茨基回撤到我方后场了，他接了吉米的回传球再次突破！"

"漂亮！哈格茨基与队友以撞墙式二过二突破了冰刀队防守！这才是我们熟悉的布雷德！"

速度再快的杀手，也无法在场上以一挡二。黑发少年被大块头吉米一个转身挤到身后，哈格茨基顺势杀进敌方阵地。他送球进网，从对手球门后方优雅掠过，在潮水般的朝拜声中，回头轻轻一指，神态潇洒……

看台上重新沸腾的温度呼应着雪崩队爆发的实力。

客队陷入紧迫场面。冷傲的少年杀手，脸孔上也像凝起冰霜，半蹲踞着全神贯注迎候又一轮冲击。

用评论员的话描述，千万不要让"哈格大帝"找到属于他的进攻节奏。

"哈格茨基断球成功！仍然是雪崩队进攻时间！"

"我们看看这个球他是要传给吉米还是选择自己单刀！"

"他选择了……哦，哦，哦不！哦天呐！！"

场内突现意外。

哈格茨基单刀冲击球门的同时，有人也在冲击他。

客队后卫巴德横向实施截杀，直接连人带杆狠狠撞向哈格茨基。

那个瞬间，哈格茨基全副意识与感官专注于球门，剧烈的撞击让头盔发出一声闷响，玻璃面罩皲裂。他横飞摔倒。皲裂的痕迹迅速从面罩蔓延至左半边面颊，伴随小片碎骨对皮肤的刺痛……他重重磕在冰上。

"天呐！哈格茨基摔出去了！是巴德，巴德，西雅图冰刀队的打手……"

"冰刀队竟然在这种时候使用犯规战术，暴力侵入！！"

哈格茨基经历长达五分钟的耳鸣，面骨剧痛，脑内浮现白花花一片晶莹的冰面。残存的意识告诉他，这肯定不是刚才被他逾越的"小朋友"下的黑手，杰瑞米·韩不是这样风格。下手的是巴德，客队杀伤战术的"执行者"。大联盟每支队伍内都有这样一个狠角色，专职打手，在冰场上司职一切暴力行为，该犯规就犯规，需要打架就打架。

主队观众震惊之后狂怒，无数人冲向玻璃挡板，试图越过围墙。有人已经爬到挡板顶端，又被安保人员捅回去。

吉米暴怒地冲向巴德，想要为队长报仇，却被裁判拦下。裁判向巴德示意，你犯规了，小罚一分钟。

这一分钟成功换来哈格茨基的血流满面。血水沿眉骨而下，穿透睫毛，令他难以看清远处。

巴德走下赛场时举拳向队友大吼，神情兴奋。这显然是预先制订的战术，实施得很成功。

"无耻！粗暴！野蛮人！"

演播厅内一阵狂躁。

哈格茨基随即被担架抬出。医生为他做了颈部固定。他头部不能动，极力维持镇静，向队友摇摇手指。

身经百战的哈格茨基，不是没见过血、没受过伤。

他躺在担架上，对主场球迷遥遥举起大拇指，示意自己没事儿。王者的风范。

客队队员聚在场地中央，埋头低声交谈，待比赛重新开始，四散开来布阵。

黑发杀手仍然沉默，静静在冰面滑行，眼神却弥漫出茫然的水汽，不断瞥向场外医疗队聚拢的担架处……少年的黑眉紧拧在一起，抓住球杆的手攥成拳。

冰刀队只需坚持一分钟等待巴德重新上场，而雪崩队的损失是哈格大帝今天没可能再回赛场了。

意外的减员，没有队长，雪崩队立时群龙无首，右路瘫痪，溃败的先兆。

这才是冰刀队静候的机会。总决赛他们能否撼动强大对手的霸业江山，成败就在此役。莱姆、罗德里格斯和杰瑞米·韩组成的攻击线从左路而下，势如破竹。就连冰刀队场外教练与替补队员都欣喜若狂地起身，期待一场来之不易又激励士气的屠戮。

"韩将球交给右路的莱姆，莱姆突破后再次传回左路，哦不，罗德里格斯让开球路，冰刀队仍然打定左路，交还给韩！Oh no，杰瑞米·韩要轻松过人了……"主队的解说员都已陷入绝望。

全场球迷呆立，抱住头。

没有哈格茨基镇守的左路，令对手如入无人之境。

冰球从少年面前划过，竟然没有碰到球杆，直接飞出界外。

主队球迷吃惊于逃过的这一劫。场边的哈格茨基仰在担架上，关注场内动静，眉头突然拧起……韩在干什么？

紧接着，意外再次发生，出乎所有人意料。

蓝衣黑发球手突然收杆，脚下急停，转身，目标方向不是对手大门。

"杰瑞米，刚才那个好球你直接放出界？！"冰刀队右翼莱姆，隔着半个场地吼向队友。

少年垂下眼睫，略表歉意，但很快昂起倔强冰冷的面容。

裁判示意主队开球，主队后卫鲍威尔荡悠着肥硕身躯滑向开球点。两人擦肩而过的刹那，少年突然扯下自己头盔！

然后扔掉球杆和手套。

鲍威尔惊讶抬头。

迎接他的是东方少年冷漠的眼神和一记拳头。

全场哗然，所有人吃惊。

一向明里压制暗里拱火的裁判员都没料到此种局势，下意识上去制止。

惊怒的鲍威尔迅速还击，这人很少在球场上遭遇对手主动挑衅。凭借压倒性的体重优势，他直接将瘦削的东方人一掌扇飞！铁塔样的身躯扑向少年，两人打成一团。东方少年只能勉强抱住脑袋，避免被打爆头骨。

这是冰球场上的合法斗殴：球员脱掉头盔手套，不准用球杆冰刀，一对一，赤手空拳，属于两个男人的约斗。

然而西雅图队原本面占优，志在必得拿到反超的一分。更何况，十七岁的杰瑞米·韩是队内身材最为单薄的球员。他在场上就从未打过架！这人脑子进水了吗？

隔着玻璃墙，哈格茨基试图从担架上站起来，吼着："拦住他们两个！拦住那个疯子！"

他情绪激动，眼底涌出红丝，盯着场上挨打的瘦弱身影。

半大男孩显然不是打架的材料。裁判察觉场面过分悬殊，终于强行制止了黑鬼的拳头。少年捂着喷血的鼻子被人从地上架起，剧烈地喘息。

这人头发濡湿散乱，眼眶破裂，汗水和着鼻血。英俊的面容破损了，嘴角仍顽固地紧阖，嘴唇却也被牙齿磕破了。黑眉朗目之间，隐约看出动人的青涩，散发某种脆弱却坚韧的美感，令人不由自主屏息凝视……

教练大骂："蠢货！你倒贴一个犯规，把自己送上门挨揍吗？你个白痴，谁让你这么干了！！"

现场只剩下解说员滔滔不绝的声音："冰刀队左翼锋犯下这样一个愚蠢错误！……他竟然试图挑战主队一双铁拳打遍大联盟的鲍威尔，多么不自量力！要知道，肥鲍在过去两百场比赛里出手干架九十三场，可谓身经百战，自废肋骨三次，打折对方二十余次！韩根本不是鲍威尔的对手，这种挑衅毫无意义！自取其辱！……"

队友莱姆对着现行犯的背影暴跳"杰瑞米想要干什么？！这人脑子在想什么？！"

少年弯腰捡回自己的装备和球杆，抹掉鼻血，面无表情走下赛场。他是主动挑衅方，犯规被罚出场。

主队球迷报以嘲笑的嘘声，霸气又整齐划一地挥动拳头。

这人仿佛没听到，只在走出通道时，抬眼与场边的哈格茨基对视。短暂的视线接触，然后迅速移开，带着年轻人特有的骄傲，头也不回走去更衣室。

2. 执行者

西雅图与温哥华总决赛两强相遇，四场比赛之后竟战成 2 比 2 平。各大媒体口径一致，都认为年轻的冰刀队原本很有希望在第四轮赢下客场，从而一举击败称霸大联盟职赛五年四冠的老牌劲旅雪崩队，改朝换代。

那场惊心动魄的比赛，冰刀队最终输了。

哈格茨基被冰刀队以粗野犯规提前"清理"出场，颧骨骨裂。

然而与哈格茨基缠斗得难解难分的冰刀队左翼杰瑞米·韩，随即就以匪夷所思的方式令场上重新回到势均力敌，直至球队输掉当场。

"冰刀队新人王自请犯规跟着下去了！你看直播了吗，那小子简直是连滚带爬得爬出赛场！"

西雅图的海湾阴雨连绵，天空波诡云谲，海风吹响酒馆门廊下的风铃。

酒馆里的男人喝着啤酒，围在吧台边喷吐愤慨。

"我还以为那小子会中国功夫！他竟敢挑衅肥鲍，他以为自己是 Bruce Lee 吗，脖子还没有肥鲍的手腕子粗，滑稽可笑！"

"听说韩以前曾经在雪崩队训练。他根本就是想回去，他怎么愿意打赢老东家？"

"叛徒！韩是冰刀队的叛徒，对球队没有忠心！"

……

入夜，房檐淅淅沥沥滴下雨水在街角形成一处处水洼，路灯下倒映出沉默的身影。

韩钰用棒球帽挡住眼前的雨丝，再罩上帽衫，背影更显瘦削。他在杂货店门口投币买了一份报纸，靠在墙边看，雨丝打湿了脸上的纱布。他看报时，快速忽略抨击他上一场拙劣打架技巧以及讨论他下赛季是否应该滚蛋的专栏评论，视线长久停留在描写他与哈格左路对决的通讯稿上。

号称联盟不可战胜的"哈格大帝"。

看着看着，他忍不住暴露一丝笑容。雨水也感知到冰冷面孔上泛起的温热气息，欢快跳动着沿面颊滑落……

韩钰推门进入酒馆，吧台光线昏暗，酒客三三两两。

吧台旁的魁梧男人微转过头，络腮胡沾有雪白的啤酒泡沫。韩钰径直走去，手从裤兜伸出，轻磕台面："两杯苏格兰黑啤。"

"兄弟，知道老子喜欢浓啤酒，谢了。"络腮胡子笑笑。

"不客气。"韩钰道。

韩钰在高凳上坐得安详慵懒，帽檐遮住大半张脸，喝酒不发出声音。不在冰场上打球时，他平静得让人完全认不出，无论站姿坐姿，哪怕多一分力气都不愿意使出来似的。即便在训练馆内，也有那么几回，他被保安直接当作游手好闲的小球童使唤。

大块头家伙盯了一眼少年的手，冷笑："手掌打破了？小子，下回跟老子学学怎么打架再动手！"

"巴德……"韩钰望着对方的眼，"你真不应该听从简森的布置，对哈格茨基出手。"

"老子只撞碎了那老家伙的颅骨，我没使出多大劲儿！"巴德喝一口啤酒。

韩钰纠正："是面骨和眉骨，颧骨处裂开四块碎骨，听说碎骨已经取出。"

"小子，心疼那伙一张老脸了？"巴德咧出一口白牙，调笑着看男孩。

韩钰没有生气，眼底流露某种期待："哈格茨基受伤也不会伤停，周日一定还会出战。"

"满脸缠着绷带缠成木乃伊出战吗？哈哈哈！"巴德轻蔑地笑，惹得韩钰也笑出声，脑内想象不可一世的哈格大帝满脸胶布的惨相。那家伙也有今天……

"不过，咱两个人，恐怕周日都没有上场机会了。"巴德说。

"简森可能不再信任我，我是冰刀队的'叛徒'。"韩钰语气平淡，"但是你会上场吧？"

巴德盯着他冷笑，良久说道："你确实是叛徒。你故意出手激怒肥鲍然后被打趴……你就是不想再坚持留在场上比赛，对吗？"

韩钰没有回答，含住自己右手手指喝了喝。关节伤处疼得他皱眉吸气，露出苦笑。

"傻瓜。哈格茨基不过缺阵几场比赛，动摇不到他的地位，他是联盟最棒最优秀的攻击手！"巴德谈到对手突然流露出少见的尊敬，"而你，杰瑞米，你还是新人，你犯错随时卷铺盖滚蛋！"

"动摇不了他的地位吗？"韩钰若有所思，"你也说了，那是个'老家伙'，他还有几场总决赛？几次在总决赛中伤退再翻盘的机会？"

巴德不以为然地摇头，仿佛预见少年坎坷莫测的前途。

"呦，小黄鸡，跑出来向你巴德大佬学习怎么打左勾拳吗？呵呵呵……"
酒客之中爆出一声尖酸的挑衅。

韩钰后颈弧度平静，都没有动弹。巴德扭过头，回骂："闭嘴。"

那喝醉的酒客嘟嘟囔囔嘴巴不干净，"下次记得带上你的头盔和颈椎支架，跪舔巴德爷爷的时候不至于把脖子扭折……"

转眼间巴德离开吧台，晃动身躯走向酒吧角落的男人！韩钰跳下来想拦，巴德所向披靡的铁拳已经狠狠砸向那酒客。一下又一下，那醉酒的家伙嗷嗷痛叫，不停乱喊："够了够了，老子服了。"

巴德眼底发红，一把拽过韩钰前胸衣服，示意给周围所有人："韩，老子并肩作战的兄弟！以后再敢嘴贱，老子拔掉你后槽牙！"

韩钰一把攥住巴德继续砸下去的拳头："够了。"

酒客头破血流，半跪着爬走。巴德摇摇晃晃地起身，却没能站起，扑通跪下，有鼻血流出。

韩钰低头查看："你伤了？"

"谁能伤老子……就那个怂包？"巴德眼神轻蔑，不停抹掉越流越多的鼻血。

韩钰黑眉皱紧，突然说："你真的受伤了，我叫救护车！"

巴德一双粗糙带茧的大手微微哆嗦，颓然摔进韩钰怀中。韩钰大喊："叫警察和救护车，"一边喊着他队友名字，一边用餐巾纸捂住冒出的血浆。小酒馆人声嘈杂，醉酒客张口结舌辩解，"不是我干的，我根本没打到他"……

韩钰眼底的无措一闪而过，一贯的冷漠让他在这种时刻仍然牙关紧咬，颤抖的嘴唇却出卖情绪。

巴德在冰刀队征战十年，是大联盟臭名昭著的暴力惯犯。头皮上一块块伤疤和肋腔内的碎骨就是属于这种人的战功，为球队登顶奠基的血肉之躯。

巴德直勾勾盯着他："杰瑞米，是简森他们赛前布置……不能让哈格茨基留在场上，要让冰刀队以这种办法取胜……"

韩钰靠近对方："你说什么？"

"原本应该3比1四场比赛就赢下……"巴德剧烈地咳嗽，因意识不清而双目发直，"你坏了球队的计划，我们原本要赢得冠军的……"

韩钰突然失控，抱着巴德的头："值得吗这样？值得吗？！"

巴德没能再回答他，逐渐黯淡的眼珠仿佛就是对他说，老子跟了这支球队十年，征战十年一朝登顶的荣耀，你小子不会懂，你就没有忠心。

韩，你的忠心在哪，你的忠心又给了谁……

韩钰双手颤抖，喉咙哽咽。

3. 冰封之刃

布雷德·哈格茨基随队赶赴西雅图，决胜大战一触即发。

99

哈格茨基戴一顶滑雪帽，独自走在乡间小路上，寻找他要造访的地址。他半边脸包裹绷带，骨裂的面部在止痛针的作用下感到些微麻痹。

木屋内无人应答。他询问隔壁大叔，只需用手比画出少年的身高，大叔操着粗粝嗓音笑道："杰瑞米？哦哦，那小子今早上山了，就在那边，圣海伦山。"

一百多年前经历最后一次爆发的圣海伦活火山，因岩浆喷发被削去帽顶，山腰处覆盖一圈白皑皑的雪。

帽顶呈现一处巨大缺口，时不时冒出几缕白烟。哈格茨基望着丝丝白烟，皱起眉……

他在山脚下找人借了手杖、墨镜和雪地靴，沿登山者踩出的雪道，一路往山腰走上去。凛冽的风吹得伤口开裂般疼痛，却没有阻挡他的步伐。他走出很长一段距离，在冰雪之路的某个转弯，一处巨大的冰川下方，赫然发现前方独行的身影。

韩钰侧身站在冰川之下，脚下转圜的空间不足一尺，呆望天外淡薄的云。

哈格茨基压低喉音，打手势："韩，那条路不安全，不要再往上爬了。"

韩钰抬头看着他，苍白的脸被冷风吹出绯红，眼神空洞。

哈格茨基用手势比画："不要再走了，快退回来。"

韩钰眉目漆黑，茫然注视，或许是头一次听他说出这样的话。你不要再往高处走，你回来吧……

冰川在阳光下晶莹刺目，光芒仿佛能穿透两人的心。哈格茨基甚至不敢高声说话，生怕横在少年头顶上方体积庞大的冰川在一刹那间被震碎倾泻而下。他缓缓伸出一只手，掌上遍布老茧与伤疤。

"韩钰，回来。我看着你，从原路走回来。"

哈格茨基声音里拥有令人无法抗拒的镇定和宽容。

少年仿佛突然惊醒，眼底的抑郁和执拗逐渐消退。这人愣了片刻，背部紧贴住陡峭的冰壁，双脚斜据，一步一步地退回来。时间仿佛凝固，后来哈格茨基才意识到是自己的呼吸快要凝固。两人手掌相握时，他发现韩钰手指冰凉，而自己防风衣内涌出湿漉漉的一层汗水……

山脚下，小木屋中，哈格茨基卸下一身湿透的厚重衣服和雪靴，余悸未消，却维持淡定。韩钰把沾满泥水的衣服脱掉，走进洗漱间，再出来时，换上一条干净长裤。

"韩，我看到报纸上的新闻才来找你。"哈格茨基让自己尽量平静，"巴德的事情，我很抱歉。"

"你为什么抱歉？"韩钰忧郁而沙哑。

哈格茨基坐在长沙发上，双手交握，思虑口中措辞："我了解巴德是你在冰刀队的朋友，你们两个关系很好……我也没想到，那么强壮的大联盟头号'执行者'

巴德，会因为酒吧里一场斗殴意外……"

"不是意外。"韩钰打断他。

"……什么意思？"哈格茨基皱眉。

"巴德这些年在球场上做过的事，打过的架，伤过的对手……他三天前还在你的主场撞塌了你的脸，不是吗？哈格茨基先生，他的去世是命中注定吧。"韩钰声音有些发抖。

哈格茨基盯着韩钰，突然站起身张开双手："韩，你是不是误会了，你认为是有人报复？因为他不止一次撞伤过我，你以为……"

"不，与你无关。"韩钰摇头，"医生诊断过，他死于脑损伤，长期伤病折磨以及脑部水肿。巴德这些年在球场上打架次数太多了，加之平时酗酒过量。他的身体状况已经无法支撑剧烈比赛，这是早晚的事……"

韩钰说不下去，眼底迅速涌出水汽。哈格茨基大步走过去按住对方肩膀，紧紧捏住。少年因为极力压抑情绪而面孔扭曲，难过无以复加。

一支球队在球场上，有些事情一定要由清道夫去完成。

命中注定，强悍的巴德亡于身体上叠摞的旧患新伤，颅内致命的血块；亡于这些年为球队建立的功勋，为一座城市捍卫的荣耀。

两罐啤酒下肚，韩钰从悲伤情绪中舒缓。这人赤脚在木屋地板上走过，顺手用投掷姿势将啤酒罐丢进门廊边的垃圾桶。东方人身材单薄，肌肉线条却很好，腰部挺拔。两道漂亮的人鱼线勾勒出小腹轮廓，线条干脆利落地收进长裤，整个人显得精致而有效率。

裤腰位置若隐若现一处纹身，用墨色塑造的一个"刃"字，笔力嵌进肌肉。

韩钰递过一罐啤酒，哈格茨基微笑着摇摇手指。

"老古板。"韩钰轻声嘲笑。

大伙都知道哈格茨基作息与生活习惯极度严苛，滴酒不沾，身边甚至看不见女人，狗仔捕风捉影也扒不出任何绯闻。

哈格茨基眯眼辨认少年后腰的纹身："最近纹上去的？那是个什么字？"

韩钰耸肩淡然道："随便纹的，这个字好看，没有特别意义。"

热烘烘的炉火俘获人的神经，紧绷的心情慢慢松懈，淡淡的啤酒麦香在空气中流动。两人时不时开两句玩笑，聊各自这些年的生活际遇。

良久，韩钰双眼突然黯淡，低声问："布雷德，当初，你为什么阻止我留在雪崩队？"

哈格茨基抬眉："我阻止你？"

韩钰面无表情："老板已经考虑签下我。你千方百计阻挠不准我留队，是吗？"

哈格茨基说："我并非球队老板，我一人说了不算数。"

韩钰惨笑："大联盟头号射手雪崩队当家翼锋兼队长，你的一句话决定我的命运——我第二天就被球队赶出了训练营。"

哈格茨基面不改色："你仍然记恨这件事。"

韩钰咬住嘴唇，不愿承认内心激烈翻涌的情绪，手指关节捏得发白。

哈格茨基盯着少年，一字一句道："我一句话可以决定你命运，所以你是希望我当初说一句好话促成你留队，让老板花钱签下你。"

"我不需要你替我在任何人面前粉饰，"韩钰脸上蒙上一层坚固的盔甲，"布雷德，我不够资格与你搭档做雪崩队左翼锋吗？在你眼里我一直如此渺小卑微，是我从一开始就不够优秀吗？！"

韩钰回过头去，站在桌旁。

韩钰与人陷入争执时，不愿正视对方凌厉的眼，宁愿将自己藏进一层坚硬的保护壳。这男孩被某种强烈的自尊心笼罩，不对任何人低头，不为任何事认输。

在杰瑞米·韩真正的少年时代，他曾是温哥华训练营培养出的天才球手。在十五岁决定未来命运时，雪崩队没有与他签约，将他筛出了队伍。韩钰卷铺盖离开故乡温哥华，开着他那辆只值三千块钱的二手车，被迫在北美大陆流浪。他在东部两年换了三个队伍，辗转于新泽西与明尼苏达之间，最终寻找机会回到西海岸。

西雅图冰刀队，已是距温哥华最近的一支球队，生于冰雪城市的天才少年又回来了。

"我了解你对锋线搭档的要求，我尽力让自己的能力更接近你的标准，甚至超越你那些同伴。"

"你在大联盟的射门精准度迄今是三千三百零二次射门、一千九百八十次射中得分，而我虽然才进了三百四十九个球，但我已经达到你的命中率。"

"我的滑行速度是起动 1.87 秒二十米，行进间不到半秒滑出二十米！我比你更快。"

"韩。"哈格茨基打断时声音轻柔。

"我还没说完，"韩钰压抑不住地低喊："布雷德，这样的我够资格站在你身边吗？"

"绝对够格。"哈格茨基淡淡的，目光温和，从始至终没有发怒，只看着少年脸上的温度在冰冷与炙热之间不停转换。韩钰因为激动，嘴唇暴露一丝活泼的血色。这人原来也并非永远沉默、永远的一言不发……哈格茨基这样想着，甚至涌出一股笑意。

韩钰眼前闪过这些年最艰难的一段岁月，那是卡在肩膀肉里的片片碎骨，是护具掩盖下血肉模糊的脚踝，一次次遭人奚落嘲笑被打穿身后再重新站起来，直到有一天他开始一次又一次打爆对手的球门；想念家乡的老爸一双填满褶皱与期许的眼眸，也一次又一次不由自主怀念某个比他年长十余岁的男人手持球杆躬身屈膝注视着他，面罩相隔，用口型对他说，"韩，你要准备突破我了"……

哈格茨基收敛笑容，受伤的面骨无损他一贯的优雅从容："韩，自从在训练营里看到你，我就知道你是那里面最优秀的一个。趋于完美的滑行技术，冷静聪明，出色的战术素养，我那时就觉得，这小子是个天才，怎么可能进不来正选队？"

韩钰屏息听着："所以，你是怕我进入正选，顶替掉你的搭档吉米的位置，对吗？"

吉米是温哥华雪崩队现役左翼锋，与哈格茨基一同来自加拿大西岸某个不知名小城，锋线搭档八年，彼此熟悉到在场上用眼神和球杆就能流畅对话。

哈格茨基点头："没错，你一定会挤掉吉米的位置。球队老板永远想要追求更年轻、更有天赋的球手，随后就把那些伤痕累累不再有利用价值的老家伙们一脚踹出门去。"

韩钰心头隐隐刺痛，无言以对。

哈格茨基却又摇摇头："但也不全是因为他。吉米还有两年就该退役。他左腿有碎骨，现在根本就是拖着一条腿在冰上行走，速度完全无法与你相提并论。

"韩，你还可以打十五年。你还能在大联盟这座冰场上滑出很远、很远一段距离，远到我都无法预测你未来能够揽进怀中的成就。

"如果你与我组成一条锋线，你我就永远没有机会在赛场上面对面交手，你也就永远没有机会突破我、穿越我、真正地战胜我，就像三天前那场比赛中你的那粒进球，流畅、犀利的穿透，太美妙了……"

哈格茨基陶醉似的回味少年的射门，好像那个球是他自己进的。

"如果你和我一起打球，你就永远只能追着我的记录，跟在我身后学步，你不觉得很遗憾吗？"他最后说道。

韩钰面露惊悟，瞳仁像墨玉般深邃。他心头梗塞的一团迷雾在瞬息间消散掉，雪山山巅清冽的风吹净乌云，眼前的天空无比澄净。

三天前，仅仅是打爆雪崩队防线的一粒进球，就让他区区四百万的身价飙升至八百万。将来有人提到他的名字时，他不是躲在哈格大帝翼展阴影下的搭档，而是大联盟里能够突破哈格右路防御的天才射手……

"你应该问我的。"韩钰眼底有一丝几乎察觉不到的情绪，轻声道："我并不认为与你并肩作战是一种'遗憾'。"

哈格茨基仿佛看穿少年眼底的深潭，口吻淡若清风："可惜，你不是我选择的队友。"

"但你是我选择的对手。"

"不是你要跟随我，而是你要战胜我，总会有那么一天。你对自己没信心？"

哈格茨基右手半握凑到唇边，面色平静散发光芒。

少年沉默许久，面容被涌出的暖流融化："我是你选择的对手。所以，我应该为此感到荣幸吗？"

……

4. 巅峰的荣耀

"这是本赛季西雅图冰刀队与温哥华雪崩队最终决定胜负的一场比赛！冰刀队在主场刚刚艰难扳平比分，现在双方场上形势 1 比 1！"

记分牌上比分胶着，呼应着场地上势均力敌的搏杀！

中场休息片刻重新布置战术，双方球员走出通道。

哈格茨基像往常一样，一丝不苟地整理衣领与护肩，手提白色头盔，走在队伍最前方，永远冷静且充满斗志。

通道另一侧，冰刀队鱼贯而出，所有人左臂缠黑纱，誓言要为巴德夺取这一战的胜利。蓝衣少年走在最后，却没有像以往那样垂下眼帘将表情藏进头盔面罩。韩钰抬头迎着体育馆上方的漫天灯火，迎着人群的欢呼，脸上一现难得的开朗笑容，露面即吸引住全场目光。

双方肩挨肩即将走出通道，韩钰看到前方他的队友罗德里格斯停步，突然抓住哈格茨基的手肘。

罗德里格斯揽住哈格的肩膀，冷笑一声："伙计，这场比赛我们赢定了，现在认输还能体面回家。"

哈格茨基嘴角轻扯："场上见。"

罗德里格斯凑近，两人几乎鼻尖顶着鼻尖。大块头一字一句道："布雷德，我听说个小道消息，想跟你确认。你们雪崩队后台老板筹划赛季结束大清洗，卖掉所有跑不动的老家伙……你就要被球队卖到洛杉矶了。呵呵，南加州那个连雪都见不着的城市，去那里当个吉祥物也不错！"

韩钰看到哈格茨基脸上肌肉轻微颤动，半边脸孔蒙着胶布，恰到好处掩藏住更深的情绪波动。

罗德里格斯扬长而去，高大身形在哈格茨基冰湖般的眼底掠过。

仿佛下意识的，哈格茨基回头看向韩钰。

韩钰也在注视他，眉头微微皱起，想要说什么。

哈格茨基悄悄对少年伸出大拇指，示意没事儿。

……

风一般的杰瑞米·韩再次旋过半边场地，刀刃掠过冰面留下的痕迹轻盈，没有冰雾腾起时咄咄逼人的杀气，无声的袭击。他只偶尔用点头和摇头与队友教练交流，带着温度的眼神一次次掠过哈格茨基，再悄悄调开视线。

冰刀队攻击组全线压上，利用反越位战术击穿客队一名防守的阻截，雪崩队防线瞬间决口！

就在这时，白色战服的一道身形划过明亮冰面，将突袭的杀手逼向边线。黑发少年眼底闪过激战中的兴奋，脚下双刃突然加速，腰部拧出不可思议的角度，试图绕开阻挡的人！哈格茨基一双眼眯到最细，压低上身，在不可能拦住人的同时，却将球杆伸出轻轻一磕！

这一磕，木质圆饼状冰球突然变向，不偏不倚磕到进攻的韩钰左脚冰刀上。

韩钰左脚下意识抵挡。冰球却变相弹开，被哈格茨基挥杆轻松掠走，转瞬反守为攻！完美的阻截引起看台上一片惊讶的赞叹。

无比的精准，守既是攻。

每一次挥出的弧度都如冰上计算精准的艺术品，这才是联盟全能王者"哈格大帝"。球场上每一员，在这一时刻眼底升腾的是对强者的尊敬和膜拜……

韩钰再次拿球，攻势卷土重来。他在对手双人防守地威慑下，将球捅向吉米与哈格茨基之间的一道空隙，在那两人关门夹击的瞬间闪电般掠过，脚下双刃像凌驾在风云之上，掠向对手球门。

吉米在震惊中挥起球杆，却在几乎打到韩钰持杆手腕的瞬间，被哈格茨基用球杆挡开。

吉米用难以置信的眼光瞪着他的队长：为什么阻止我用犯规战术？你想要在这块场地上成就这小子吗？！

哈格茨基对队友摇摇手指：不，我会战胜他。

韩钰迎着满场欢呼，从对方球门后方回旋而过，唇边绽放自信笑容，仿佛能融化冰封的刀刃。

现场的解说员欣慰地感叹："无所不能的哈格茨基，这一定是他最近五年来，在自己最习惯的右路遭遇到的最大挑战！这就是快速、精准、凌厉的杰瑞米·韩！！"

后面半句咽在喉咙。没人敢就这样说出来，哈格茨基老了，已经悄悄划过他的巅峰。

哈格茨基今年二十九岁。

他的对手比他年轻不止十岁。

哈格茨基注视少年追风的身影，脑海里却是韩钰裸身时后腰处的黑色纹身。他其实早就知道，布雷德，Blade，他自己的名字的中文含义是"刃"。

场上重新开球，韩钰与哈格茨基面对面、头碰头，上身前倾，蓄势待发，准备争球。

两人隔着面罩对视对方的眼。

韩钰道："其实我也听说了。"

哈格茨基说："我不在意。"

韩钰耸肩，轻声道："别去洛杉矶，那儿太热了，你不会习惯。不然来西雅图？"

哈格茨基迸出笑意，胶布缠面露出白牙："打完这场，我考虑考虑。"

木质球饼从冰面上弹起。

哈格茨基眼睫上结出两弯漂亮的冰霜。韩钰唇形划出一道热烈的弧度。两支球杆同时撩向冰面，洁白冰雾在两人眼前弥漫开去。

……

(END)

运动的知识

游泳

★读者都知道死海水浮力很大，正常人都能漂浮在上面。但死海的水刺激性很大，不要尝试正常泳姿的游泳，任何水泼到眼睛和嘴鼻都相当难受。身上有任何伤口下死海都是受刑，说白了就是在伤口上撒盐。不过死海的泥疗很有效果。

★游泳是一项非常有益健康的运动，游泳馆每天都会迎来大批客人，这人一多，泳池也就跟火锅底料似的，而且众多游泳者中，很可能有一些皮肤病患者，他们在游泳时会将病原体带入池水中，简直就是细菌的培养皿，很容易感染到健康的游泳者。

因为更换一次水的成本很高，所以一般的游泳馆不可能每天换水，通常就是给水消消毒就完事了，这种方法未必能够起到作用，水很快就会变脏。因此很多人都因为游泳患上疾病，特别是孩子和女性。因为其自身的生理特点，最容易被游泳池水欺负。即使你再健康，游泳后也要立刻清洁全身。洗干净后还得多喝水多排尿，冲洗掉尿道中的病菌，消除感染隐患。千万不可拿自己的健康开玩笑，一旦感染上疾病还可能影响到生育，那时候就摊上大事了。

★为什么世界级游泳比赛里几乎没有黑人？有科学数据有显示，在水中白人肌重仅为 $1.5g/cm^3$，而黑人则为 $11.3g/cm^3$，黄种人介于两者之间。因此黑人的飘浮问题不易解决。黑人确实比白人总的来说骨密度大，也就导致整个身体密度大、水中浮力小。也有人说，最主要原因应该是贫穷，和贫穷导致的文化差异。另外，游泳是比较昂贵的运动，特别是和田径、篮球、足球之类相比。在非洲荒野里可以练长跑，贫民区连水资源都相当匮乏。游泳池没有那么容易找到，即使是在美国。黑人运动员（不绝对，通常来说）家境与受教育程度，都导致接触高消费力运动的概率较低。

奔跑吧！男神

绘 星海琦

绘 长旸

围棋

这些听上去异常"中二"的专业围棋术语你知道吗？

★僵尸流

僵尸流是围棋比赛中的专用术语，意思指利用弃子战术，需找敌方弱点作战。这里特别指出，僵尸流特指死棋中那种死而不僵的棋形，一般来说是思路上与大众不同，对死棋、厚薄理解高于常人，能从中发现手段，把握棋局，控制节奏。僵尸流代表人物应当是李世石。

★大雪崩

"大雪崩定式"是与"妖刀定式"、"大斜定式"并称为三大难解定式的著名定式，最早由日本业余棋手以疑问形式提出，后由当时的日本棋院理事长 长谷川章 研究后首次于20世纪40年代的正式比赛中下出。由观战记者三堀将 命名。之后由吴清源提出内拐变化以后，花样翻新，变化层出不穷。

★宇宙流

武宫正树更愿意称自己的流派为"自然流"。武宫正树一定觉得"宇宙流"的称呼并没有理解他棋艺的精髓。其实"宇宙流"并非是"将子投于高位"就可以简单模仿的，他是以强大的攻击力和局面平衡感作为支撑的。

112

★中国古代的四大艺术，琴棋书画，历史悠久，源远流长。其中的棋，说的就是围棋。围棋是一种智力游戏，起源于中国。中日韩是现今围棋的三大支柱。日本最大的黑社会组织山口组就有专门属于自己组织的报纸，除了最高领导的讲话和活动报道之外，竟然还有围棋比赛，真是让人大跌眼镜。《棋魂》更是创造了日本人学习围棋的热潮，并有人因此当上国手。看来动漫也有励志大片的效果。以后妈妈再也不用担心你看动漫没好处了。

★围棋早在春秋战国时期就广为流传，每一朝代都涌现出许多才华出众的围棋高手。陈祖德九段，是 60 年代中国围棋的巨匠，称霸中国棋坛十多年之久，是首次在对子条件下战胜日本九段的棋手。聂卫平九段，是全国人民众所周知的体坛明星，他多次战胜日本的"超一流"九段。围棋有横竖 19 条线，总共有 361 个交叉点。就是因为第一手有 361 种选择，第二手有 360 种选择⋯⋯从而，围棋是唯一电脑下不出的棋，最强的电脑围棋也只有 13 级水平。

围棋

奔跑吧！男神

绘 撸君

穿云

文 七世有幸

【一】

事情是这样的。

一开始让我聘他当飞行教练，其实我，是拒绝的。

毕竟这世上数不出几个人会聘一个死对头当教练。

至于主动上门非要给自己死对头当教练的人，恐怕全宇宙也就他一个。

【二】

第七百七十七届星际奥林匹克运动会，如期在斯庞瑟星球举办。

人山人海，彩旗招展。

赛场保护区以外的天空上停满了客用飞船，大大小小挤挤挨挨地悬浮着，还不断有新的飞船从各个星球驶来，穿过安检屏障一头钻进大气层。

赛场保护区的入口也是一片闹腾，维持秩序的交警翅膀都快扇断了，焦头烂额地给飞行器指着路。

他识别出我飞行器上的通行码，赶到一边打开了运动员专用通道的屏障，末了还不忘对我吼了一声："祝你好运，巴特先生！"

入口排队的群众闻声哗然，纷纷对我发信号致意。

"祝你好运"是我近来听见最多的一句话。这不是说我有多么受欢迎，纯粹是因为我离好运实在太远，大家都看不下去了。

【三】

斯庞瑟星球上当然没有一个叫奥林匹克的地方，但奥运会却依旧叫奥运会。

之所以沿用这个名字，是为了纪念一颗不复存在的名为地球的行星。

当年太阳系寿终正寝之后，已经实现曲线飞行的人类在宇宙中漂泊，然后陆陆续续分散到了一些基本适宜生存的星球上。

但即使再接近地球，毕竟也不是地球。在种种威胁生命的环境里，人类一度濒临灭绝，几乎是被迫运用全部的智慧与潜能加速进化，衍生出了五花八门的新形态。

期间还伴随着权力纷争，同盟解体又重建，死伤无数，血流成河。

为了防止世界被破坏，维护宇宙的和平，星际联盟在新秩序逐步建立之后，决定在斯庞瑟星球成立奥运组委会，组织两年一届的星际奥运会，提供各星球文化交流的平台，弘扬体育竞技精神。

斯庞瑟星的公转周期是五百二十三天，这个繁华星球的引力与大气成分等数据都接近各参赛星球的中值，在此地比赛最为公平合理。所有选手在确定获得星际参赛资格之后，都是模拟该星的环境训练的。

比赛项目包括了田径、游泳、球类、射击、飞行等。

其中飞行这项一如既往地吸引了众多的目光和争议。

跟其他项目比起来，飞行是在人类进化出双翅之后才能实现的一种崭新的运动。但实际上这比赛也仅限于拥有飞行能力的十几个星球之间。

近几年，有三个星球是夺冠热门——帕拉迪星、特洛星，以及我所代表的皮匹斯星。

其中帕拉迪星那个叫伯德的选手，已经是第五年参赛，人还年轻，论赛龄却已经是个老将了。此人风头最盛的时候拿遍了所有能拿的金牌，他代言的广告投影到了无数星球上空，即使现在成绩下滑，依旧是所有选手中名气最大的一个。

　　——当然，他名头响亮不仅仅是因为成绩。帕拉迪星人的双翅覆盖着流苏般华美绚丽的羽毛，向来引人注目，而伯德本人又是一等一的风骚。

　　令人嗤之以鼻。

　　至于特洛星的因塞克，则是去年刚刚冒出的新秀，他虽然还是个少年，但天赋异秉，充分利用了前后两对带有尘状鳞片的特殊翅膀，又巧妙地解决了翅膀力量不足这个弱点，才第一届参赛就一举夺冠。

　　最后是皮匹斯星的我。

　　哪怕你到宇宙另一头的星系里念一声我的名字，恐怕也会引来几声同情的叹息。

　　我实力不弱，年纪也比伯德略轻，却永远差那么一点点，一直被伯德压制着只能屈居亚军。去年好不容易等到伯德成绩下滑，却又不知从哪儿冒出了个因塞克。那一回我更惨，几乎与伯德同时落地却晚了零点三秒，拿了个创新低的铜牌。

　　在漫长的运动史上，有无数人跟我演绎过类似的悲剧，人们将之统称为——生不逢时。

【四】

　　"……这一届的选手阵容也给观众们留下了一些悬念，比如为什么一直长飞和短飞兼修的伯德先生这次却放弃了一向有夺冠希望的短飞，而仅仅报名了长飞呢，这是不是跟外界风传的伤病有关呢，也许我们很快就会知道答案……还有……"

　　我坐在选手单人休息间里，听着悬浮在面前空气中三厘米高的小人眉飞色舞地说道。

　　这滔滔不绝做着热场的主持人还被同步投影到了赛场的观众席正中，只不过影像放大了几百倍，恐怕连飞舞的唾沫星子都看得一清二楚。

　　"……比赛即将开始，让我们拭目以待。那么下面让我们看一看正在休息室里等待入场的选手们——"

　　我对着三厘米的小人一挥手，关闭了影像。

　　头顶上方的白色圆球里传出机械的声音："巴特先生，请确认您是否已经做好准备，摄像即将打开。"

　　我对着微型飞行器点了点头，它没有任何反应。但我知道从现在开始直到比赛结束，我的一举一动都将被全方位无死角地呈现在观众面前。

其实也没什么可做的，我站起来稍微热了热身，微微伏低身体，展开了背后巨大的灰色翅膀，用力扇动两下后腾空而起。

单人休息间的空间很宽敞，我在半空低低地盘旋几周后收拢双翼，轻巧地落了地。今天的状态跟平常没什么不同。

我的翅膀没有羽毛，只有一层灰色的厚膜，看着十分不起眼，不像伯德那样华彩逼人，也不如因塞克的轻盈，但胜在健壮有力，连飞几小时也不会累。

重新坐下之后我百无聊赖，忍不住重新打开了直播。这一次悬浮在眼前的小人一下子变成了十余个之多，正中间依然主持人是滔滔不绝的，排布在他周围的则是诸位选手。

我一眼瞧见了默默坐着的我自己，然后目光扫过一群各自准备的选手，最后停在了伯德身上。

过去的一年里，业界一直流传着他要因伤病而休赛的小道消息。结果今天一见，他到底还是来了。

伯德并没有在热身，他坐在原地低着头不知在干什么。我伸手触碰到他的影像，将之放大了些。

然后我看清楚了，这家伙正拿了把细齿梳子，翘着嘴角一点一点地梳理双翼上的长羽毛，那叫一个细致入微，似乎还边梳边哼着歌。

"……"我早该想到的。

这家伙一如既往地自恋嘚瑟，无论成绩如何永远广告片约不断，俨然走的是偶像路线。

当初那个追着他去求握手的蠢货，一定不是我。

【五】

比赛场地是在室外，起点处和终点处分别有一座山丘，当中直线距离为六十公里。

我们从一边山峰起飞，线路自选，最后降落在另一边山峰上。全程有微型飞行器监控和直播，买了现场票的观众们则坐在一定距离外的飞船里观看。

所有选手一字排开摆好准备姿势，伯德瞧见我，笑着打了声招呼。我点了点头，在这关头没心思说话。

"嘀——！"

刺耳的提示音响起的一瞬间，我振翅而起，微寒的风自耳边拂过，一下子拉开了与其他人的垂直距离，我选择了一条最高的飞行路线。

这样做会在起飞和降落时浪费一点时间，但这是经过精确计算和反复模拟训练之后制订的策略。飞在众人头顶可以将环境的干扰降到最低，而且可以避免恶意或意外撞人这些容易陷入纠纷的事件。

空中除了呼呼风声以外别无声息，我微微倾斜双翅纠正了一下方向，确保自己是在沿直线飞向终点。今天是顺风，风力中级。

我或许没有什么值得骄傲的天赋，但要论吃苦耐劳和坚韧不拔，我自信无人可敌。

在那个完全模拟斯庞瑟星环境的封闭训练场里，经年累月不见天日的枯燥练习，让我将比赛的每一点细节都熟知于心。何时蓄力、何时冲刺、何时收拢羽翼，我可以精确到秒。针对不同风向和风速，还有各种调整方案。

在我前面飞着好几个人。领头的是因塞克，他的两对半透明的翅膀轻盈而疾速地振动着。跟他的同星人相比，这少年着实是耐力超群，能用这样的振翅频率撑完六十公里。伯德暂居第三，色彩艳美的羽翼像一朵开在半空的花朵。无论何时何地，他总是最扎眼的那个。

体力在一点一滴地消耗，我小心保持着速度，眯起眼睛目测剩余的距离。三十公里……二十公里……十五公里……

异变发生在我用力扇动几下翅膀开始冲刺的时候。

视野里仿佛突然少了什么东西，那种突兀的缺失感让我用余光向下一扫，正看见一道熟悉的身影在下方不断缩小，飘飘荡荡地朝地面坠落而去！

是伯德。

只一瞬间，我就收回了视线。这种星际赛事肯定做了万全的防护措施，底下会有弹性网接住他的。

寂静的半空听不见任何人对这突发情况的反应，观众们的惊呼被隔绝在飞船里。

我尽全力保持心无旁骛，照着自己计划好的节奏猛然提速——冲刺！

一道道身影被我甩在身后，眼前却始终有一道超越不了的障碍，那少年迅捷无匹，翅膀几乎舞成了残影，速度竟然比刚出发时还快。

终点在望，我知道胜败全在此一搏，硕大的灰翅如两道巨刃般划破空气，直直地俯冲而下——

"嘀——！"

"嘀——！"

两声提示音接连响起，中间大约相隔了一秒半。

我喘息着站直了身子走了几步，对着前面同样气喘吁吁的少年勉强挤出个微笑。

"恭喜。"我说。

最后我还是输给了因塞克。

其实回头一看，我这次的成绩已经破了自己的纪录，比平时的平均成绩更是高出了一截。

也许我的极限就是这样了吧。加倍的勤奋不足以替代天生的才能，更何况到了这样的高度，每个人都是拼死努力的。

运动员跟其他职业不同，体能的巅峰来得太早，去得也太快。我已经在巅峰，他却还在上升期，连个多年后扳回一局的机会都不给。现在拿不到的，或许注定永远拿不到了。

到底意难平。

【六】

颁奖仪式结束之后是访谈时间，等候已久的记者们一下子围了过来。

只是比起以往的蜂拥而上，这次记者显得格外少，而且都面露一种反常的急切。

"巴特先生，请问您对获得亚军有何感想？"

我能有什么感想，我的感想在前几届都说完了。

"大家都发挥得很好，都值得尊敬。我也尽力了，对这次的表现还算满意。"我干巴巴地、背书似的说，"至于亚军，我的感想没有太大变化。"

记者对我的自嘲没什么反应，眼中的急切之光更亮了。

她瞪大眼睛问："请问您怎么看伯德先生半途坠落这件事？之前传闻他的伤病您听说过吗？"

哦，原来如此。四周的记者全都在急吼吼地采访各个选手对伯德失常的看法，有些还试图打听业内秘闻。

这次等着的记者这样少，大部队现在肯定正里三圈外三圈地围着伯德。

也难怪他们如此急切。星际奥运史上也出过几次恶意撞人导致的坠落事故，但这还是第一次有选手飞着飞着，自个儿就掉下去了。

我继续背书："伯德是个厉害的对手，这次用这种方式退出比赛，我真心觉得很遗憾。我不知道他具体发生了什么，但如果真是因为伤病，希望他能好好休息，早日恢复健康……"

场面上的话说多了，既不用过脑子，也不用过心。

我的嘴皮上下动着，心中却浮现出很多年前，伯德第一次闯进星际奥运会时，无惧无畏、意气风发地站在宇宙中央的样子。

【七】

等到人群散去，我在离开时突然看见了伯德。

他大喇喇地站在选手通道里，笑着冲我招手，来来去去无数道射过去的目光显然对他造成不了丝毫影响。

伯德面色如常，我很是意外，原本以为他现在肯定在接受救护，或者被媒体围堵。他这时候找我这个多年的对头能有什么事，怪我抢了他的名次吗？

我跟他毕竟比来比去这么多年，算来也是有些交情的。我走了过去，跟着他拐进一个僻静的角落里，正想关心宽慰他几句，他已经开门见山地开了口。

"我当你的教练怎么样？"伯德问我。

星球之间语言不通，我们每个人耳后都戴了装置，听人说话的时候装置会直接把声音转化成本星球语言送入耳中，所以交流无碍。

——但我此刻怀疑我的装置出了点故障。

"什么？"我确认道。

"你愿不愿意聘我当你的教练？"伯德眨了眨他狭长优美、吸引粉丝无数的眼睛，换了个语序又问了一遍。

"……"我张口结舌。

这一切发生得太突然了，完全没有前兆。且不论世上有几个人会聘一个死对头当教练，主动上门要给自己死对头当教练的人，恐怕全宇宙也就他一个。

伯德还没说完："反正以你现在的成绩，最多也就是个亚军了，你超不过因塞克，你知道这是实话。不甘心的话，要不要跟我赌一把？"

我被戳到痛处，反问："为什么？"

"为什么？"伯德笑了笑，"因为我现在的身体状态需要休赛一年以上。我想为自己在这期间谋个生计？"

骗子。那么多广告商哭着喊着要给他送钱，他还需要谋哪门子生计？

"广告商看见刚才那一幕就不要我了。"

"……"不用说得这么凄惨吧。

我决定回归本质问题："我为什么要相信，聘了你当教练就一定能拿冠军呢？"

伯德笑道："好问题。我没说过自己能保证，冠军这东西变数太多。但我能保证，如果不聘我，你一定拿不到。"

这话说得实在太讨打，偏偏从他嘴里说出来，我还没底气反驳。

"我当年的风头可比现在的因塞克强劲多了。星际连任冠军给你当教练，多少人求之不得的待遇，你还推三阻四。"

……他说得好有道理，我竟无言以对。

"我……我需要考虑一下。"我说。

"需要考虑什么，你把你的顾虑说出来我们交流交流嘛。"伯德竟然摆出了一副死缠烂打的姿态。

我没有什么顾虑，我只是有个秘密。

很久之前，我还没获得星际参赛权的时候，硬是混进观众群去看过伯德的比赛。

这也就算了，看完之后我还跑去围堵过他，跟个智障小粉丝一样心脏狂跳地求握手。

这也就算了，等到握完手，我还一本正经地看着他的眼睛说："总有一天，我会变得像你一样。"

……每次一回想起这茬，我再厚的脸皮也承受不住这羞耻值，只想离他远一点。

尤其是直到最后我也没能像他一样。

【八】

伯德亲自给我当教练，这个诱惑实在太大，大到超越了所有疑虑。这人再怎么嘚瑟、自恋，实力却是无可撼动的。

我跟之前那个教练签的合约在比赛结束半个月后到期，我没再续约，转而聘请伯德。

伯德跟在我身后出现在皮匹斯星时，群众一片哗然。可怜我的乡亲父老，前不久还高喊着"打败伯德一雪前耻"送我去斯庞瑟星参赛，这回对着笑眯眯挥着手的伯德本尊，情何以堪。

伯德倒是淡定得很，刚到就开了个记者招待会。那天晚上我去敲他的房门谈事情，一推门看见满屋子鬼影幢幢，吓得差点报警，定睛一看才发现全是皮匹斯星各大媒体的记者的立体投影。

"你至少该跟我说一声。"我在门口刹住脚步，嘟哝道。

——没错，这家伙跟我哭穷说没钱找住处，直接搬进了我家客房。

他架着腿坐在桌前答记者问，对我笑了笑，嘴里正讲道："……休赛期间我总得找个工作养活自己吧。"

"那么伯德先生，你本人作为一个现役选手，而且是与巴特先生存在竞争关系的选手，会怎样回应外界对于你担任巴特先生教练的质疑呢？"一个女记者问。

"什么质疑？"伯德装傻。

"比如有人指出你因此掌握了巴特先生第一手资料的渠道，这会不会影响未来的比赛的公平性？"瞧瞧，我的同星人多么维护我，直接抛出了这么尖锐的问题。

"哎呀，你这样说可让人伤心。"伯德弯起双眼看着她。女记者红着脸咯咯地笑了起来："这倒不是我本人的想法……"

出息呢！

"我如果真想捡这种便宜，就会去教因塞克，毕竟他拿冠军的概率比较大。"伯德当着我的面毫不避讳地说。

另一个记者举起了手："你是为了避免遭到类似的质疑，才选择巴特先生的吗？"

"不是。"伯德抬起眼，"我选择他，是因为他值得。"

他的目光越过一片虚影，对上我的眼睛："我认为他的体能在我之上，他所能达到的极限也应该在我之上。我会尽我所能教他。"

【九】

"……你在逗我？"

我走下飞行器，看着眼前一片荒凉、除了参天巨树之外连个人影都没有的山。

皮匹斯星地貌无比崎岖，直插云霄的险峰与不见天日的裂谷之间，几乎数不出一处平地。

"你看着我的眼睛再说一遍你会尽力教我？"

"我会尽力教你。"伯德从身后地拍拍我，"飞呀。"

"飞你个头！"我怒了，"训练设备呢？测量仪器呢？我从来没听说过这也能叫训练。我时间很紧张，没空浪费在郊游上！"

"怎么能是郊游呢，我还等着给你打分呢。"

"……你根据什么打分？而且这里和斯庞瑟星的重力有偏差，斯庞瑟星上也吹不起这么大的风，一旦适应这种环境又得去训练场重新纠正——"

我正跟他据理力争，伯德不耐烦地呵呵嘴，我只觉得眼前斑斓的色彩一晃而过，他人已经在半空了。

"喂，等等！伯德！"

伯德根本不听我说话，自顾自朝前飞去。他倒是一下子就适应了我星凌乱的大风，转眼就化作了风里一个小点。

我匪夷所思地摇摇头，展开双翅"咻"地追了上去。到底还是我比较熟悉这里凶残的风力，在空中调整出阻力最小的姿势，很快追上了伯德。我回头去看他："你搞什么鬼？"

看清他时我愣了一下，伯德居然闭着眼睛。

他不答话，还"嘘"了一声让我闭嘴："专心点。"

专心？在这种充满干扰因素的环境里，怎么专心？难道他是在训练我集中注意力的能力？但比赛场地不可能这么多干扰啊……

大片苍莽的绿色从身下飞速掠过，凛冽的气流托起了我的身体。我胡思乱想着，思维渐渐缓慢下来，只感觉到两颊被吹得冰凉发痛。

地平线两端遥遥相望的两颗红色母子恒星，一颗正东升，一颗正西落。

过了片刻，我学着伯德闭上了眼睛。视野顿时被遮蔽，失去方向感的恐惧让我绷紧了神经，全部感知都用来探测身体周环境的细微。透过眼帘的薄红光线，森林枝叶的哗哗声响，皮肤上加深了寒意。

我在风里折转，比一粒尘沙更卑微。

最终惊醒我的是伯德，他微弱的声音从后方遥远的某处传来："等我一下——照顾伤员嘛——"

我睁开眼，诧异地发现自己刚才在空中转了一个大弯——我一直以为自己飞的是直线。伯德更不知道是怎么飞的，远远落在了后面。我减缓身形等着他追上来，然后一起降落。

"你给我打几分？"我问他。

伯德狡黠地笑了一下："六十分吧。"

我觉得自己隐约明白了他所说的专心的意思。

等待飞行器来接的时间里我坦白道："之前居然不知道，我们这儿的大风吹着还挺舒服。"我从走上职业道路之后，就一直待在训练场里吹精心控制的人造风，已经不记得上一次在户外飞行是什么时候的事了。

伯德慢条斯理地抖了抖羽毛，收起他金贵的双翼，微微歪过头看着我，我竟然在他脸上看见了某种长辈般温和的神情。

"也许你不是不知道，只是忘记了。"他说。

伯德的野外训练一直持续了几周。

他似乎对充满各种未知情况的户外活动十分热衷，一边陪着我穿过一道道深不见底的峡谷，一边向我传授诸如应对风向突然改变、在不减速的情况下绕开障碍物之类的技巧。

虽然这些乱七八糟的技巧在实际比赛中派不上用场，但我能感到它们在无形中纠正了自己的一些姿势，让我得以更高效地使用身上的肌肉。

我仿佛一天天地变得轻盈，从前与风之间精准机械的利用关系，变成了更为亲密的共生关系。

"像对待情人一样接触它、聆听它。"伯德端着诗意的腔调说，可惜他的声音大半被峡谷的疾风打散了，只能断断续续传入我耳中，"它今天心情如何，平静还是暴躁，会变强还是变弱……现在要变强了。"

他话刚出口就倏然朝上飞去，我急忙跟上，果然下一秒就听见了谷中凄厉的风声。

"湿度在增加。"上方的伯德又说。

我跟着他直线向上，风势渐缓，半山腰上一片茂密的绿林间正蒸腾着浓郁的水汽。伯德略微减速，钻入了那片云雾，华美的羽翼消失在了浮动的白烟间。

我猛扇两下翅膀，飞上去四下找他。

"它从很久以前到很久以后，一直都是这样吹着。"身边传来伯德带笑的声音，我一转头，他正在与我并肩的高度。

"我们生来就认识它。只是我们记性不好，需要时不时地重新认识一遍。"

【十】

那天山间诗情画意的云，到了第二天全部化为冰雹砸到了我脑门上。

绘 撸君

"为什么成绩下降了？"我看着训练场里的检测结果问他。连续五次，次次低于平均成绩。

伯德还算冷静，说："刚刚回到室内，总需要一点适应的时间。"

"那么再试一回。"我抹了一把汗，重新展开翅膀。他拦住我："你已经体力透支了，明天再来吧。"

我一声不吭地离开了场地，身上发冷，难以掩饰焦躁与恐惧。这么多年按部就班地高强度训练，放弃了一切娱乐的机械生活，好不容易达到的极限速度，永远失之毫厘的目标……

我再也输不起了。

仿佛是为了印证最坏的猜想，第二天、第三天……一周过去，我的成绩再也没有回升，始终在之前的平均成绩之下挣扎。

"为什么改变姿势之后反而会变慢？"我终于忍不住爆发，对着试图安慰我的伯德质问道，"你当初把我拉出去乱做实验的时候考虑过这个可能性吗！"

伯德安静下来，低着头不知道在思索些什么。我等不到回答，更加愤怒："这就是你保证的尽你所能？伯德，你到底是为什么找上我！"

伯德沉默了良久才开口说："你的动作变僵硬了。"

"哈！现在开始推卸责任了？"

"我没有遇到过这种情况。"伯德在我的责问声中继续解释，"这套训练方式在我的母星是专门针对姿势死板的选手制订的，一直行之有效，没想到在你身上却起了反作用。也许我低估了皮匹斯星人身体构造的差异……对不起。"

他看上去确实很难过。

但再难过也改变不了已然发生的事！

"我再问一次，"我在绝望与怀疑中口不择言，"你当时到底是出于什么目的，主动找上我？"

伯德对着我僵住了，张了张嘴似乎想辩解什么，但最终出口的却还是一句："对不起。"

我拼命抑制住揍他一顿的冲动，连做了好几个深呼吸。

伯德朝我走近一步："你成绩下降造成的损失……我愿意尽力赔偿。"

我冷着脸说："不必了，你走吧。尽快从我家搬走，回帕拉迪星去。我会让律师去谈解约。"

我的损失不是任何东西所能赔偿的。而且，虽然不愿承认，但我内心深处并不相信他是故意的。

伯德没再说什么，对我点点头之后一步一步地走了出去。

【十一】

我浑浑噩噩地消沉了数天，连睡着时都做着噩梦，梦里我又回到了奥运场上，眼睁睁地看着自己的名次一路跌到榜底。没有人看见我，没有人询问我，只有不远处挂着金牌的伯德笑眯眯地迎接蜂拥而上的记者："巴特是个厉害的对手，这次用这种方式退出比赛，我真心觉得很遗憾——虽然他本来就没赢过我。"

我一惊而醒，跑去冲了个冷水澡。

现在还不是放弃的时候。离下一届比赛还有大半年时间，只要我能找出问题，回到正轨……

这些年我像机器一样顽固蛮横地撑着，已经忘记该怎么放弃。

我又回归到了从前废寝忘食的训练状态。

随即我郁闷地发现，伯德那段荒唐的训练把我的心带野了。我再也回不到以前那种死水般不起波澜的心境，在空旷枯燥的训练场里面对着一排排的仪器，脑中却想着外面苍莽的森林、山间升起的云雾……以及云雾中与我并肩飞过的身影。

我一次又一次地强行命令自己专注于眼前，心中却鬼使神差地响起一个声音："专心点……"

眼前一黑，我发现自己在半空合上了眼帘。

翅膀下的凉意，皮肤上的触感，熟悉到了骨子里，偏偏又这样陌生。

我像漂浮于羊水中的婴儿般放空思绪，身体被大风吹散，化作万千卑微的尘埃，与宇宙同岁。

原来放松的感觉是这样。而我之前竟然一直没有意识到，自己那患得患失、彷徨无措的紧绷……

"砰！"

我一头撞到了训练场的墙上。

【十二】

伯德的投影在面前浮现出来的时候，我大大地松了一口气。还好，他至少给了我对话的机会。

"巴特？"他有些意外，"你找我？"

"是的。"我酝酿着怎么开口，却突然发现他那边的背景音十分嘈杂，"你在哪里？"

"发射站啊。我要回帕拉迪星了。"伯德说完我才发现他的确是一身旅人装扮。

我急了，不知从何说起："你……我……我很抱……"

"什么？你等一下，等我几秒钟。"伯德从怀里摸出一支笔，微笑着伸向一旁划拉了几下，画面以外传来了一群女孩子的尖叫和嬉笑声。

"……"我默默无语。

伯德走了几步，换了个安静的地方问："你说什么？"

"我很抱歉。"

伯德惊了一下："哦，不必道歉，主要责任在我——"

"不，我很抱歉，"我打断他的话，"昨天训练的时候，我的速度破了纪录，而且超过了因塞克上次的成绩。"

伯德愣在原地。

"你是对的，伯德，你说的一切都是对的，我回到室内后需要适应期，而且我的动作确实变僵硬了。我重新找回在野外飞行的感觉后，才发现之前的动作有多僵硬。"我拿出十二分的认真做着检讨，"对不起，我不该那样武断、无礼——"

"巴特！"

伯德突然很大声地喊我，把我吓了一跳。

"你知道这是多大的好消息吗！只要保持这个水平继续训练，下一届你就有夺冠的希望了！"

伯德竟然一脸比我还高兴的表情。我完全不明白自己怎么值得他这样，感动之余对他更加愧疚，我忐忑地问："那你，还愿意回来继续当我的教练吗？"

【十三】

"第八圈了，下来休息一会。"他招呼道。

我收起翅膀落在他身边，从他手中接过补充体能的液体灌了一口。伯德在面前不远处打开投影，慢动作地回放出我刚才飞行的过程，一边观看一边分析。

我的成绩起伏不定，但总体来说是在稳步提高。

伯德并不因为上次的事件而有所保留，反而更加尽心尽力地辅导我，专门针对我的体质不断地修改训练方案。

他说到一半，我耳后的语言转换装置忽然发出了一阵微弱的杂音，接着传入耳中的就变成了一道陌生的声音。

我呆了几秒才反应过来，语言转化器坏了，现在听见的才是伯德真正的声音。

伯德对此一无所觉，还在一本正经地做着分析。他的声音不像装置中的那样清亮，而是有些微微的沙哑，一下子将他给人的感觉带得柔和了不少。

他说的语言我一个字都听不懂，我略张着嘴，却竟然一直没去打断。

伯德分析完了，尾音上扬，似乎问了一个问题。等了一会儿还没听见我的回答，他疑惑地看着我。

我回过神来，苦笑着指了指耳后的小东西："坏了。听不懂。"

伯德闻言愣了愣，醒悟到刚才一番话都白说了，无奈地踹过来一脚，我赶紧飞起避开。

【十四】

"是的，巴特最近的状态很好，我对他角逐冠军很有信心……什么？不不，我本人没有作为选手参加这一届比赛的计划。作为教练我当然会全力以赴，而且巴特也是一个非常有才华和悟性的选手……"

我刚冲完澡，闲坐着观看立体投影里的伯德面带微笑侃侃而谈。

斯庞瑟星的公转周期过去了大半的时候，我和伯德参加了一次访谈节目。我没有上节目的经验，从头到尾几乎都是伯德一个人在回答主持人的提问。他倒是身经百战，一个回答简直滴水不漏得接近无趣。

但再无趣的问答，也架不住伯德一张俊脸的吸引力，这投影不知被观看过多少次，伯德身后唰唰地飞过少女们留下的无数条评论，几乎汇成了河。

我打了个哈欠，正要关闭影像，目光却在不经意间落到了一条简短的评论上。

"伯德头发底下有东西在反光？"

大概指的是语言转换器吧，虽然那是戴在耳后的……难不成是谢顶？我恶趣味地想着，却还是操控着伯德的影像转了一百八十度，从高处研究了一下他的后脑勺。

什么也没找见，我不死心地又将影像放大了数倍。

于是我就看见了隐藏在他发丝间的一个极其不起眼的小东西。

它安静地贴着他的头皮，乍一眼看上去，恐怕会被当成虫子之类。只有同为专业运动员的我才会立即认出那是什么。

我对它并不陌生，许多运动员在职业生涯的某个阶段，都曾经这样佩戴着它上场过。

那是一个镇痛用的装置。

……

投影里的伯德还在谈笑风生，我一把挥去了他的影像，开始沉思一个问题。

——伯德上一次在我面前飞起来，是什么时候的事了？

【十五】

我一边权衡着是暗中观察伯德还是直接问他，一边叩响了客房的门。

门开了，我的计划全部白费，一对上伯德的脸就脱口而出："你的伤病怎么样了？"

他被我的突然袭击弄得一怔，想了想才回答："我说过的，需要时间恢复。"

"恢复情况如何？"

"……"

伯德还在组织语言，我直截了当地问："为什么恶化了都不告诉我？"

他的神情动摇了一下，习惯性地露出一个微笑："你这不就知道了嘛……告不告诉你不会造成什么不同，有点多此一举。"

他的回答如同冷水般当头浇下，我的焦躁和担忧一下子被堵了回去。我哑口无言，却还勉强说："怎么能算多此一举，对我至关重要的教练出了状况，我当然应该知情。"

伯德在我肩上拍了拍，就事论事地说："放心吧，训练不会受影响的。"

"那你呢？你会怎么样？"我穷追不舍。

大概是我脸上的表情太吓人，伯德连忙说："别担心，没你想得那么可怕，只

131

是解释起来有点麻烦。"

"我听着。"

他终于发现躲不过我这一关："……我以前受过伤，翅膀里的骨骼出了点问题，高强度的训练又加重了它的负担。上一届比赛之前，医生就给了我两个选择——做手术把一块大骨换掉，或者保守治疗等它自行恢复。"

"你没有动手术。"我说。

"是的，那么大的骨头换成人造材料，我就再也不可能飞出从前的速度了。保守治疗收效慢，但做好镇痛的话，我还可以再比一次。我不想错过那场比赛……"

"于是你带伤上阵，却还是半路上掉了下去。"我点点头，"这样一切都说得通了。那你为什么要来给我当教练？"

伯德笑道："其实很简单。我坚持继续保守治疗，医生说我的翅膀至少在休赛期间承受不了任何训练，如果恢复情况不理想，那就永远不用回训练场了。我只会飞，不飞的话，我不知道还能做些什么。如果不能当运动员，那就只有教练是最接近这项运动的人了。"

我万万没想到他的答案会是这样。但只要仔细一想，他对飞行超乎寻常的热爱其实十分明显。

"结果，在教你的过程中，我的翅膀恢复得非常缓慢，到后来反倒开始恶化。保守治疗是行不通了……"

"你为什么一点都不告诉我？为什么不尽早去做手术？！"

伯德一脸无辜："本来是打算回帕拉迪星去做的，但是都已经到了发射站，又被你叫回来了。"

"……"我一下子回忆起了我赶他回母星的那次。

账不能这样算啊！苍天在上，我不知情啊！

"如果早点让我知道，你现在说不定都已经治好了，也不用痛这么久——"

"但我会缺席，而你会分心。"伯德似乎已经有过一番深思熟虑，"手术后的恢复时间很长，我离开你就不知道何时才回得来了。是我找你签的约，我不能在你奋斗的时候弃你于不顾。反正我自己已经回不到赛场……"

我眼眶一酸。

"……而且这些年当冠军也当烦了……"

我湿润的眼眶顿时干燥了回去。

"……不如尽我全力帮你拿下一个，让你延续我的梦想。"

……

"梦想"这个词太过沉重，他的牺牲也太过沉重。我不安地嘟囔："你怎么知道我会值得？"

"我就是知道。"

伯德看着我，笑容中的狡黠一闪而逝："很多年前，我在一次比赛结束后，被一个皮匹斯星的少年追着求过握手。"

我像被雷劈了一记，心中汹涌着不祥的预感。他居然记得？！

"其实我当时就认出他来了。那少年在皮匹斯星上初露头角，名字在业内传得很广。虽然还没进奥运会，但我很看好他，觉得他日后肯定不是等闲之辈。"

"结果，那少年握完手后突然直勾勾地盯着我说：'总有一天，我会变得像你一样。'"

……

我不断干咳着四下看风景："居然还有这种人啊。"

"是的。"伯德凝视着我，就像许多年前我紧盯住他那样，说，"现在就是那个人兑现诺言的时候了。"

【十六】

第七百七十八届星际奥林匹克运动会现场，人山人海，彩旗招展。

"伯德先生已在几个月前宣布退役，赛场上失去了这样一员获奖无数的老将，对许多人来讲都是一种遗憾。但另一方面，过去一年里接受了伯德单独辅导的巴特先生，今天的表现是否会让人眼前一亮呢？让我们拭目以待……"

我坐在选手单人休息间里，听着悬浮在面前空气中的三厘米高的主持人眉飞色舞地说道。

那天在客房听完伯德的一番话语后，我十分感动，然后把他绑着送回了帕拉迪星。

再高的梦想，再深的苦心，也阻止不了我赶他去做手术。

伯德的手术还算成功，但在那之后，他漫长痛苦的恢复期才刚刚开始。

他走之后的那段时间里，我也没有再找新的教练，一直严谨地执行着他留下的那一套训练计划。我甚至独自飞越过几处森林与峡谷，每一次都牢牢闭着眼睛，任由风将我吹得七荤八素。

头顶上方的白色圆球状的微型飞行器里传出声音："巴特先生，请确认您是否已经做好准备，摄像即将打开。"

我点了点头，而后在看不见的观众的注目下做了热身，按部就班地低飞了几圈。

今天的状态算是十分理想了。但我之前在门口遇见了因塞克，发现那少年也成长了不少，望过来的眼神更加恭谨，却又更加硬气。

这一战，鹿死谁手还未可知。

"巴特先生，倒计时十分钟，请准备上场。"机械的声音提示道。

我一步步地向外走去，耳边接通了一个语音通话。

"你看得见我吗？"我问。

"看着呢。"微微沙哑的声音答道，"我们这儿聚了许多人一起看直播。"

"那就好。"

"放松心情，像平时一样发挥就好。你紧张吗？"他问。

"有一点。"我一脚迈入了室外的空气中，前方不远处，十余名选手正在一字排开。

"但也不是特别紧张，因为——"我仰起头感受了一下，笑着说，"今天的风好像心情还不错。"

通话结束，提示音响起。

我振起双翅，飞向无限旷远的苍穹。

{END}

134

The Hobbit fanart BY Sevnilock

奔跑吧！男神

绘 独眼猫

星坠之夜

文 韩倚风

I. 启航

幽深的宇宙空间，如同无边无际的黑夜，在方逸的眼前伸展开来。

前后左右上下，除了保持着既定阵型护卫旗舰的巡航舰和驱逐舰外，看不到其他可作为参照物的东西。

要不是有屏幕上那一组组代表舰队的蓝点，他几乎感觉不到自身的移动。

蓝点分三组，方逸率领的是左翼，总计两百艘舰船，加上右翼的两百和中间六百的主力，这次他们出动了一千艘编制的小型舰队。

毕竟，目标不过是叛军的联络站——总人口不到两亿的一颗小行星——而已。

"舰长，指挥舰传来联络信号。"

方逸收回漫无目的的思绪，向通讯官点点头，一个新的视频画面被传送到大屏幕上，遮住了一片广袤的宇宙。

"又在发呆吗？就要开始了哦。"

英姿勃发的青年，近距离地俯瞰着他，从屏幕上对他露出笑脸。笔挺的军服格外熨帖，带着与众不同的从容潇洒。他的肩章上是两粒金花，比方逸多了一粒，无声地彰显着他的身份。

"嗯……"方逸懒洋洋地回应着，瞥了对方一眼，"你也没有什么紧迫感呢，指挥官阁下。"

青年随手将飘落的碎发向旁边一撩，现出修长的眉和带着妖异之色的凤眼，若无其事地回答："叛军的兵力还不到三百，瓦伦星的攻防能力也接近于零。用这么一个小小的战役，当作我离开第八舰队的最终章，还真是让人有些不甘心啊。"

"最终章"这个词落入耳中，方逸的浓眉不自觉地跳动了一下，再开口时，已经是认真的口吻："别说这种不吉利的话……"顿了一顿，他不着痕迹地转移了话题，"这么说来，回去以后，你就要正式去宇宙联盟总部报到了吧？"

"嗯。"他的好友，年纪轻轻就得到高层重用的秦裳，意气风发地点点头，"虽然留在军方会握有更多的实权，但若要改变这个世界的话，果然还是非从政不可呢。毕竟，那才是你我的梦想。"

梦想吗？方逸的唇角微动了动，凝视着屏幕上熟悉的面孔，骤然说出口的却是并不相干的话："会有很长时间，见不到面了吧？"

宇宙联盟总部，是在遥远的泰坦星系，自己隶属的第八舰队则驻守银河系，再加上公务繁忙，再想跟以前那样时常相聚，无疑已是不可能的事情。

秦裳的眼神有一瞬的黯淡，但很快就再次闪烁出光芒："我会想办法尽快把你调过来，相信我。"

孩子气的保证和坚持，让方逸回忆起许多年前的旧事，他的脸上终于现出了淡淡的笑容："我知道……只要是你想做的事情，就一定会变成现实。"

年轻的指挥官正想开口，身后有人对他低声说了句什么，于是他抱歉地转过头来："时间到了，五分钟后开始作战。"

方逸默然地点头，但他们俩谁都没有主动断开通讯，最后还是方逸先开口："秦裳……"

"嗯？"修长的眉轻轻一挑，对方的眼神专注地扫过来。

"一定要用战争来解决吗？你刚才也说了，瓦伦星的攻防能力接近于零。如果可以……"

秦裳无奈地叹了口气："在战争中心软的话，那可是足以致命的啊。"顿了一顿，他的眼睛闪闪发亮，"我当然并不排斥和平解决的途径，但如果叛军不肯投降，也只能毫不留情地歼灭。方逸，这一战，我必须赢。"

方逸沉默了下来。他当然知道秦裳的答案，再没有人能比他更了解对方。完美的不败纪录，是秦裳履历表上光彩夺目的一笔，在即将步入政坛的关键时刻，即使再小的战役，秦裳也绝不允许失败。

"方逸。"看着他意兴阑珊地点头，秦裳忽又开口，凝视着他的眼眸中似有星辰闪烁，"保护好自己，我在凯旋的庆功宴上等着你。"

他笑笑："好。"

屏幕黑了下去，辽阔的宇宙取代了好友的面容。方逸盯着旁边的作战星图，三组蓝点已经逐渐拉开距离，向着某点呈现出合围之势。

新的战役，即将开始。

2.困境

所谓不到三百的兵力，很快就被证明是个虚假的情报。刚抵达指定空域，方逸就接二连三接收到了友军的信息。

右翼遇敌，对方的兵力是其两倍，很快就陷入苦战。中路的主力也遭遇顽强的抵抗，本来还想冒险一战的秦裳，见到左、右、前方叛军的舰艇都超过两百五十艘的时候，立即醒悟这是敌人的陷阱，虽然很不甘心，却还是立即下达了全军撤退的命令，并赶在后方的叛军合围前，率领舰队突围而出。

"方逸，你还在磨蹭什么？立即撤退！"指挥舰的信号再次传递到大屏幕上，秦裳的脸色不太好看，"这是个陷阱，一定有人把我们的作战计划泄露给了叛军，如果让我知道他是谁……不管怎样，你快给我撤回来。"

方逸瞥一眼通讯屏幕旁的作战星图，中军正在迅速远离战场，左右两翼却仍滞留原地。他轻轻叹了口气："有何陵那边的消息吗？"

秦裳僵了一僵："两分钟前最后一次联络，他的舰队……似乎已经撑不住了。"

屏幕上的亮点正在一个接一个地消失，失去联系的舰艇多半已变成宇宙中的尘埃。方逸盯着数目锐减的右翼军，心里有些感伤。

他们都没有提起去拯救右翼军的事情。在敌我力量如此悬殊的情况下，那无疑是去送死。更何况，以右翼军被击溃的速度，就算他们能突破重围赶过去，也已经来不及了。

"你已经成功突围了吗？那就好。"方逸平静地开口，向好友微笑了一下。

"所以我叫你也快点撤回来！听见了没有？"秦裳忽然一拳砸在面前的控制台上，通讯画面抖动了几下。

方逸却继续微笑着："来不及了。你说得对，这的确是一个陷阱。也许，我们不得不在此分别了。"

"你在胡说些什么？方逸！"秦裳不解而又焦急地大吼，但很快，他的目光停留在旁边的某个地方，脸色变得煞白。

他跟方逸一样，看到了通讯屏幕旁的作战星图。右翼军已完全从星图上消失，而方逸所率领的左翼军，也在快速地减少着数量。

"方逸……"

秦裳的声音竟然在发抖。方逸盯着他的眼睛，他还从来没有在他的脸上看见过那样痛苦的表情，这令他的心也抽痛了起来。

"再见，秦裳。"轻轻开口，方逸猛地按断了通讯器。继续面对那种表情的话，自己也会承受不住吧？

在舰桥上沉静了一小会，副官忽然在他身旁惊讶地开口："舰长，你看……"

方逸的视线回到作战星图上，眼神骤然一变，几乎要从椅子上跳起来，最终却只是向前倾了倾身体。

本已快脱离战场的中路军，不知为何竟又掉过头来，虽然在星图上移动得十分缓慢，但他却能看出，舰队正以全速朝着左翼突进。

秦裳那个家伙，竟然打算来救自己吗？

忽然觉得有些疲倦，他静静地仰靠在椅背上，陷入了沉思，直到副官的声音将他再次惊醒。

"舰长，那我们……还要继续原计划吗？"

睁开双眼，方逸看着星图上越来越近的蓝色亮点，终于点了点头："立即执行。"

舰队无声无息地改变了方向，由防御阵型快速转变为进攻阵型。

星图上，越来越多的红点开始闪烁，那是从右翼和中路战场上全速赶来的叛军舰队。如同赛跑似的，它们跟秦裳的舰队争分夺秒，向着同一个目标前进。

终于，在视野范围内，屏幕捕捉到了第一艘战舰的影像。

红色的堕天者，属于叛军。

3. 星坠

无数光束如同流星，在静谧的宇宙中夺目地划过，激起一波又一波血与火的狂潮。

舰艇的残骸飘浮在空中，几分钟前它们还承载着上百名将士冲锋陷阵，转眼间就变成了无用的废铁。

四面八方都是叛军的舰艇，总数超过一千两百艘。方逸根本无法想象，秦裳是怎么带着不到六百艘的舰队一路冲杀过来。

但他毕竟还是来了。黑色的雷神，展开有些残破的双翼，周身的护卫舰已锐减到三百左右。在进入射程的那一刻，舰队猛地停止了前进。

作战星图上本该消失了的蓝色光点，一个又一个地重新点亮。在白色旗舰圣天使的统率下，两百艘护卫舰沉默地摆出进攻的阵型，武器锁定了黑色的友军。

两翼和后方的红色舰队也沉默地包围过来，面对如此的局势，即使是秦裳这样的名将，也不可能再挽回劣势。

通过屏幕凝视着正前方的黑色战舰，方逸似乎能看见好友坐在指挥台后的样子。他无声地叹了口气，转向通讯官："修复通讯器。"

屏蔽与外界的联系，就能伪装出舰队受损的假象，之前左翼军在星图上的消失，就是通过这么一个小小的花招。

影像传送过来，仍然是熟悉的面容，此刻却苍白得像是个完全陌生的人。

他们沉默地对视了很久，气氛压抑得连呼吸都有些困难，身边的温度似乎也降到了冰点以下。

"投降吧，别再做无谓的牺牲。"最后还是方逸先开口。

修长的眉猛地挑动了一下，妖异的凤眼紧盯住他："为什么？"

方逸没有回答，机械地重复了一遍："投降吧，你根本就没有胜算。"

"为什么这样做？"秦裳咬着牙，锲而不舍地追问。

他默然半晌，终于回答："我不想再替宇宙联盟屠杀无辜的民众。"

秦裳捏紧了双拳："他们是叛军，是挑起动乱的源泉，一点也不无辜。"

"不，在我看来，他们有权利去追寻自由。如果求而不得，也有权利为此而抗争。"方逸摇摇头，"为什么像瓦伦这样的星球，会全民支持所谓的叛军？难道你就没有想过原因？"

秦裳沉默片刻，眼神中流露出痛苦的神色："我说过，等我进入宇宙联盟总部，就会立即着手改变这一切。你也答应过，要同我一起实现这个梦想。"

"也许那时的我们，都太天真了吧？"方逸唇角一动，现出苦涩的笑容，"在第八舰队的这几年，作为庞大国家机器的一部分，我们所能做的，不过是继续碾压那些跟我们抱持相同梦想的人们而已。你不觉得，我们已经离原点越来越远了吗？"

漫长的沉默。秦裳一动不动地凝视着他，却说不出任何话来反驳。

方逸深深地吸了口气，向他发出邀请："跟我一起来吧。宇宙联盟的腐朽已经无可救药，仅凭几个人的力量，根本无法从内部加以变革。我们唯一能做的，就是从外部将它摧毁。秦裳，我不想看到你或我，在追寻权力的过程中迷失自我，慢慢地跟最初的梦想背道而驰。已经足够了，投降吧，在新生的政权里去继续实现我们的约定。"

有那么一个瞬间，他觉得秦裳在认真考虑自己的提议，心脏也为此怦怦直跳。他并不想跟好友兵戎相见，所以之前，得知秦裳竟不顾一切前来救自己的时候，虽然是意料中的事情，他也早提前做了安排，心底却还是感到失落。

然而，秦裳很快就抬起头来，脸上露出平静的笑容："这个提议，我无法接受。"

"为什么？"这次，是方逸颤抖着追问。

"因为，那样做的话，我们的约定永远也无法实现。"看出方逸还想开口，秦裳有些专横地继续说下去，让他完全没有插嘴的机会，"我是不会投降的，至于追随我的部下们，如果可以，希望你能放他们一条生路。那么，就这样了，再见，方逸。"

没有等他回答，秦裳就切断了通讯，方逸眼前似乎还残留着他的影像。最后的最后，对方的唇角仍然带着平静的笑容，完全看不出对他的憎恨。

他不死心地继续联络着雷神，然而再没有任何的回应。周围是死一般的沉寂，方逸将十指深深地插入自己的头发里，良久没有动弹。

"舰长，堕天者传来讯息，询问下一步的行动。"

方逸如梦初醒地抬起头来，盯着屏幕上的黑色战舰。他太清楚秦裳的才干，如果没有他，第八舰队不可能在短短的时间里将义军追击得如此狼狈。对方只要还存在，就是义军摧毁宇宙联盟的一大障碍。

"在战争中心软的话，那可是足以致命的啊。"带着几分无奈的声音，再次回响在耳边，方逸慢慢地握紧了双拳。

"击落雷神，然后向敌舰全体发出讯号，只要他们愿意投降，义军一定会善待他们。"

"……如果有拒绝的呢？"

沉默片刻，方逸的声音冷却下来："同样击沉。"

宇宙联盟太强大，他绝不能放虎归山，让他们有机会卷土重来，再次威胁义军的生存。

命令很快就得到了执行。

雷神颤抖着发出怒吼，最后在剧烈的震荡中轰然断裂。

爆炸，连续不断，如同儿时在地球上看过的夏日烟火，带着残酷的美丽。

如此绚烂的闪烁在方逸的眼中，慢慢地黯淡下来。他颓然坐倒，缓缓阖上了眼睛。

再见，我的挚友。谁能想到，这才是最后的结局。

4. 迷途

瓦伦星攻防战的失败，对于宇宙联盟来说，是一记重击。

秦裳和方逸，曾经因为在模拟星战中击败所有对手、取得有史以来的最高分，而被视为两颗冉冉升起的将星，并得到快速提拔。

他俩也不负众望，直到瓦伦星攻防战之前，都保持着不败的战绩。然而突然间晴天霹雳，秦裳的雷神号竟然被击沉，双星之一的方逸更是加入了义军的一方。

惊愕之余，第八舰队作出快速的反应，先后派出两支舰队，试图扭转战局。然而在方逸的指挥下，义军成功瓦解了对方的攻势。

这之后，宇宙联盟暂时偃旗息鼓。军方高层心知肚明，在战术层面上，没有人能胜过方逸。想要赢得这场战争，除非能取得战略上的优势，然而，目前的时机尚未成熟。

已经有越来越多的星球，宣布脱离宇宙联盟，加入新生的义军一方，组成自由同盟。即使是腐朽专制的宇宙联盟，也不敢公然同全民的意志对抗，只能在默许的同时，试图从其内部进行瓦解分化。

还有更多的星球处于摇摆不定的观望状态，他们既不想失去强大的宇宙联盟的庇护，又希望在新生的自由同盟里获取更多的利益。

而瓦伦星攻防战的结果，对它们产生了极大的影响。

方逸被视为弃暗投明的英雄，在自由同盟内受到了最热烈的欢迎。媒体、民众的视线聚焦在他的身上，无论走到哪里，身边都围满了好奇的人群，这让低调淡泊的他很不习惯。

但他并不反感这种氛围。比起等级森严、平民见到军政官员就噤若寒蝉的宇宙联盟，他觉得眼前所见的，才是民主和自由的真谛。

一切的权力源自人民，他们有资格亲眼确认自己这个弃暗投明者，是否值得信任和支持。

民选政府……这不正是秦裳和自己为之努力了十几年的梦想吗？所以方逸至今都不明白，他为什么要拒绝自己的提议，选择了那样惨烈的结局。

"那样做的话，我们的约定永远也无法实现。"秦裳的话始终萦绕在他的耳边，让他感觉到无法抑制的痛苦和困惑。

从十二年前在星际公学相识的那一刻起，他就知道自己与秦裳怀着相同的梦想。

庞大的宇宙联盟，在漫长的历史长河中，曾创造过无数的辉煌，但也越来越趋向于专制和独裁。曾经平等共存的人类，不知不觉分化为几大阶层，高高在上的特权阶层，随心所欲地操纵着各个星球的政经大权，越来越严苛地压迫着其他阶层。

这样的现状，无法容忍，非改变不可。

怀着这样的认知，方逸和秦裳暗地里结成小小的同盟，目标只有一个：想方设法爬上权力的顶峰，大刀阔斧地改革腐朽的宇宙联盟。

十二年的时间，在旁观者的眼里，他们的升迁速度已经快到了不可思议，但在方逸看来，还是太慢、太没有成效。最让他感到痛苦和迷惘的，是在追求这个目标的过程中，不得不充当宇宙联盟的棋子，让自己的双手染上罪恶的鲜血。

每一场战争都是残留在心上的一道伤痕，一次又一次，尚未好透再被残忍割开，在不败的完美战绩的背后，是被踩在脚下的数以万计的追求民主和自由的灵魂。

对此，秦裳总说那是不得已的牺牲。为了他的大局，为了实现梦想，秦裳可以毫不留情地扫除前进道路上的一切障碍，寄希望于日后弥补，但方逸却无法做到。

心底的某个地方，觉察到秦裳已经跟自己渐行渐远。也许终有一天，他会攀上权力的巅峰，掌控宇宙联盟的一切，然而到那时，他还会是自己所熟悉的那个人吗？

不，在腐朽的制度之下，再纯净的心灵最后也会腐化变质。秦裳自己虽没有察觉，始终注视着他的方逸却有了不祥的预感。

他会变成下一个独裁者吧？如果继续这样下去的话。

对宇宙联盟的憎恶，对好友的变化所产生的失望，让方逸最终选择了一条更为激进的道路。然而他没有想到的是，秦裳宁愿为那个腐朽的政权陪葬，也不肯跟自己继续同行。

"不，我们的约定一定会实现，即使只有我自己。"

自由同盟虽然还很弱小，但只要齐心协力，总有一天能推翻宇宙联盟的统治，让更多的人享有真正的民主和自由。

方逸坚信这一点。然而心底深处的寂寞感觉，仍是无法抗拒地越来越浓。

5. 暗潮

"参选？"听见这个提议，方逸诧异地重复了一遍。如果自己记得没错，自由同盟不久前才刚刚推选出新的政府，虽然只是临时性的，但在这么短的时间里就频繁更替，实在不是一个好兆头。

向他提出建议的，是义军的领袖尼克。这个男人，曾经高举义旗，号召人民跟宇宙联盟做斗争，在他的努力下，自由同盟才得以成立，虽然年事已高，却仍是个传说般的人物。最近几年，据说因为身体状况不佳，他已经处于半退休的状态，自由同盟的领导权也移交给了二号人物艾伦。

当然，是在全民公投的基础上进行的权力交接。

"你在瓦伦星攻防战中的精彩表现有目共睹，媒体对你的报道根本就没有停止过。这还是我第一次看到，有人能在这么短的时间内积聚起如此高的威望。而且你还这么年轻，民众所需要的，就是像你这样充满惊喜、能带给他们无限希望的领导者。"

方逸隐隐约约感觉到了他的弦外之音。与其说是民众需要，倒不如说是同盟政府需要自己这样一个标杆和旗帜，用来吸引民众注意力的同时，也可以向观望中的星球释放出有益的信号。

但问题是……

"我并不擅长政务。"这是句实话。跟各方面都出类拔萃的秦裳不同，方逸的才干主要体现在军事上，对于政治上的左右逢源、虚与委蛇、斟酌斡旋，他既不感兴趣也不擅长。

"没关系。"尼克笑眯眯地拍拍他的肩，不知为什么，方逸觉得对方似乎反而更高兴了，"我会从旁指导你的，你可以把精力集中在军事上，政治经济这方面嘛……不妨交给我。"

傀儡。方逸脑海里莫名其妙地闪现出这个词汇，如果自己的理解力没有那么差的话，所谓的提议就是让自己当他的傀儡，只管在前方冲锋陷阵，幕后下达指令的却是尼克。

"民众不是已经选出了他们的委员长了吗？我想，暂时并没有我参选的必要。"沉吟片刻，方逸决定用艾伦当挡箭牌，婉拒尼克的请求。

"艾伦啊……"尼克笑得有些勉强，"你说的也有道理。反正还有时间，你可以再考虑考虑。不管怎样，民众的想法才是最重要的，如果人民希望看到新面孔出现在政府里，我们也应该顺应这一诉求，对不对？"

方逸无法反驳。如果真的是民众的想法，即使与自己的意愿相背离，也必须遵从吗？表面上看，这似乎是民主的结果，但不知为什么，他心里却有些不安。

沉默地走出官邸，他向等待在门口的司机摇了摇头，决定步行回到自己的住处，身后立即跟上了几名警卫。

加入自由同盟以后，原先的部下们都被用各种理由调离了身边，换上了同盟这边的军官，保护自己的同时也承担着监视的责任，这一点，方逸心知肚明。他平静地接受了这样的安排，没有试图摆脱他们，反正自己胸怀坦荡，并不在乎有没有人监视，也就没必要让那些有任务在身的人头疼。

前方的路灯下，有一个瘦长的黑影，似乎在等待着什么。听见方逸的脚步声，那人朝这边看了看，立即迎上前来。

方逸还来不及反应，身后的警卫们就虎狼似的冲上前来。两名警卫把他挡在身后，其他人不顾那人的激烈反抗，很快就把他反剪双手、按倒在地。

"舰长……"在被警卫们推搡着弄走之前，那人终于挣扎着叫出了声。

"博伦？"方逸猛地推开挡在自己身前的警卫，快步走上前去，一把拉住了那个人。

灯光映在对方脸上，虽然有些憔悴，但没错，的确是自己的副官。他不是调任菲尔星了吗？

方逸惊讶地追问："发生了什么事？你为什么会在这里？"

"舰长，你什么都不知道吗？"年轻人的脸上带着压抑着的愤怒和不平，向那群警卫横了一眼，低声开口，"帕克，刘宇，希尔斯……当初跟你一起加入自由同盟的那些人，现在都被怀疑是宇宙联盟的间谍，被关在警察总部受审。"

什么？方逸拧起了浓眉。随着进一步地追问，事情的轮廓在他心中逐渐明朗。那些旧部下，都是在某个夜晚突然消失的，没有经过任何的法律程序，也没有机会得到任何援助，要不是心细的博伦发觉不妥，锲而不舍地多方查探，根本不可能发现他们的下落。

秘密审讯，曾经是方逸最痛恨的宇宙联盟的常规手段，竟然也出现在了标榜民主的自由同盟，简直叫人难以置信。

"博伦，我会想办法。很晚了，先跟我一起回去吧。"

方逸自然而然地也对原副官的安全感到担忧，但博伦瞥一眼分散站在他身后的警卫们，摇了摇头："有你这句话，我就放心了。我还想多打听些消息，明天再跟你联络。"

方逸觉得，他是不想跟自己一样被这么多人监视，或者是不希望他的暗中活动连累到自己。也许，两者皆而有之。

但从第二天开始，就连博伦也失踪了。

6. 黑夜

方逸先是试图通过正常的途径解救自己的旧属。他求见了警察总长，因为他高涨的声望，对方客客气气地接待了他，然而对于他所询问的事情，却以涉及同盟机密的理由拒绝透露任何信息。虽然万分不情愿，但走投无路的他只有去向尼克求助。表面上退居二线的同盟前委员长，仍掌握着军事大权，使他有足够的筹码跟现任委员长分庭抗礼。

听了方逸的述说，尼克耸耸肩："瞧，这就是我希望你能挺身而出，参加选举的重要原因。现任政府的某些做法，已经开始背离自由同盟的初衷，到了必须有人去改变它的时候了……"

他目光炯炯地盯着方逸，脸上露出和善的笑容："方将军，据我所知，那些人都是以叛国罪被捕。这件事很棘手，但也不是没有回旋的余地。如果你愿意跟我合作，我向你保证，将动用一切力量来帮助你，不仅能让他们安然无恙地被释放，还能将他们调回你的麾下。"

"秘密审讯跟自由同盟的初衷背道而驰，然而动用公权暗中交易，以此为筹码来寻求合作，难道不同样是错误的行为吗？"方逸再也忍不住了，尖锐地开口。

"这就是政治啊，方将军。在政治上，没有绝对的是非黑白，我们所需要判断的，不过是怎样行动才更符合同盟的利益……"

"我无法认同这样的理念。"方逸打断了对方的话，眼神中透露出鄙夷的神色，"如果人民所认同的制度和法律都得不到公平公正的执行，只知道片面追求政治家的利益最大化，那按照这种模式建立起来的自由同盟，跟我们所要推翻的宇宙联盟又有什么区别？人民的权利仍然被漠视，从中渔利的仍然是特权阶层，那一切的牺牲又是为了什么？"

尼克的笑容僵在了脸上，有些不自在地喝了口红茶，这才讪讪地开口："方将军，我看你是误会了。我所说的同盟的利益，也就是全体人民的利益呀。同盟的制度和法律当然必须得到遵守，所以我也只能尽力而为。如果你的那些旧属，的确没有暗中向宇宙联盟出卖情报，那用不了多久，他们自然能安然无恙地被释放。"

看来，自己是不可能从尼克这里得到帮助了。走出尼克的官邸，方逸心中暗忖着，正不知下一步该如何行动，一辆陌生的车子已经停在了身前。

"方将军，艾伦委员长想请你去官邸一聚。"

除了在公开的场合见过面、受过表彰以外，这是方逸第一次在私下会见自由同盟的现任领导者。

艾伦是个精明能干的中年男人，在义军中一直是作为总参谋长而存在，自由同盟成立以后他逐渐淡出军方，全身心投入政界，并取得了跟尼克相近的民意支持率。

"方将军，听说你最近遇到了一点麻烦，如果有我能帮上忙的地方，请尽管开口。"

说起话来单刀直入，艾伦表现得越是友善，方逸的心头就越是警惕，毕竟不久之前，尼克对自己的态度也同样如此。

但既然对方问起，这也不失为一个申诉的机会。沉吟片刻，他从容地开口："遇到麻烦的是我的几名旧属。他们冒着生命危险，在瓦伦星攻防战中聚集在自由同盟的旗帜下战斗，现在却因为莫须有的理由，被秘密逮捕并关押。请问委员长是否知道这些事？"

艾伦笑笑："如果我说不知道，方将军一定会觉得我很虚伪。毕竟，警察总部是直接听我的命令行事。但我希望你能体谅我这样做的原因，宇宙联盟试图从内部瓦解分化我们，已经不是一天两天的事了。基于自由同盟的宗旨，只要愿意弃暗投明者，我们都必须接纳，但身为领导者，我也有责任弄清楚，这些人究竟是真心向善，还是假意投诚。方将军，你说对吗？"

"理由我可以接受，但逮捕和审讯必须是在有足够证据支撑的情况下进行，一切都要遵从法律。他们有权利会客，也有权利申辩，而不是像现在这样，莫名其妙地在睡梦中被抓。"

"方将军还真是个理想主义者。"艾伦阴沉地望了他一眼，笑容里隐约现出危险的意味，"同盟目前百废待兴，如果每件事都按照程序来，未免会贻误时机。非常时期，必须采取非常的做法……当然，如果将军愿意替旧属担保，我也可以督促警察总长尽快完成审查。"

"我愿意用性命替他们担保……"

方逸的话还没有说完，就被艾伦低笑着打断了："那并不是我想要的担保形式，方将军。"他站在窗前沉吟片刻，忽地回过头来，目不转睛地打量着方逸，"我希望你能站到我这一边，作为我的副手参加下届选举。"

一丘之貉。方逸的脑海里突然蹦出这样的词汇，一切都明朗了，身为自由同盟领导者的尼克和艾伦之间，不知从何时开始产生了利益的冲突，为了争夺权力，他们不约而同地把自己当成了可以利用的棋子。

标榜着民主和自由，本质上却同宇宙联盟没什么区别。最无辜的，是那些为着相同的梦想聚集在自由同盟旗帜下的人们。

"那样做的话，我们的约定永远也无法实现。"

他再次回想起秦裳的话。那个总是运筹帷幄的青年，是否早察觉了自由同盟的本质，所以才断然拒绝了自己的邀请？

"艾伦委员长，这算是威胁吗？"方逸平静地直视着对方，胸中却像是有怒火在熊熊燃烧，"如果正当的诉求无法得到回应，那我只有将裁决的权力交给人民，他们有权利知道在黑暗中所发生的事情。"

锐利的锋芒从艾伦的鹰目中射向方逸，空气中布满杀机。但很快，他又微笑了起来："方将军，你目前的威望的确很高，但别忘了，你仍然是个外来者。人民究竟会相信带领他们建立起自由同盟的我们，还是会相信你这个刚从宇宙联盟叛逃的人呢？这一点，希望你能先想清楚。如果行事太草率的话，我可无法保证你那些旧属的安全……"

"你们不可能永远隐瞒真相，我不会让你们将这里变成第二个宇宙联盟！"方逸的声音并不高，但却很坚决。

"有自信的话，尽管试试。"

话说到这里，已经再没有回旋的余地。方逸知道自己这么公然与对方抗争，是不智之举，但他实在压不下心中的怒火。

如果是秦裳的话，一定会表面不动声色、虚与委蛇，暗地里调兵遣将，直到准备万全，才将对方置之死地吧？

他并不是秦裳，为了救出曾经的同伴，为了揭露被隐藏的真相，他唯有豁出一切去抗争。至于结果……

方逸仰头看了看暗沉的天空，默默地坐进了车中。

真是冷清、孤寂的夜色呢，如同他此刻的心情。

7. 紧逼

看不见的黑暗笼罩在自由同盟的上空，不亲手触碰的话，谁也不知道它究竟有多深多暗。

为揭发真相、救出同伴而四处奔波的方逸，则真真切切地感受到了它的可怕。掌握权势的人，应该都收到了尼克或艾伦的指示，他们表面上正义凛然，答应他会查明真相，但拖到最后还是不了了之。

他也曾尝试通过媒体的力量施加压力，但在高层那里报道就会被压下来，人们所能看到读到的，仍然只是冠冕堂皇的官样文章，好几名跟他接洽过的、富有正义感的记者，也先后与他失去了联系。

也许是担心他将要说的话，所有的采访特别是涉及直播的申请都被政府拒绝了。对于他的行动限制也越来越多，在某次外出忽然遭到不知名人士的枪击以后，警卫团更是以安全为借口，要求他尽量留在寓所里，对外则宣称是在休养。

软禁，下一步该是暗杀或陷害了吧？虽然不知道派来刺客的人究竟是尼克还是艾伦，但方逸明白，刺客的真正意图是借休养让他远离公众的视线。等到公众对他的热情减退，不再关注方逸这个人的时候，真正的魔爪才将伸向自己。

在这种情况下，尼克的副官夏尔的突然造访，显然是无法令方逸感到愉快的事情。

不出所料，对方是代表尼克再次向他抛出橄榄枝。

在被方逸坚定地拒绝以后，夏尔不以为意地站起身来，转头向四周扫视一眼，迅速走近他的身边："方将军，请别再做无谓的努力。你已经害得很多人消失了，不是吗？他们不会是第一批，也绝不是最后一批。"

方逸的浓眉猛地拧紧，愤怒地瞥了他一眼。

跟他年龄相仿的副官，漆黑的眼眸里仿佛古井无波，继续轻轻道："同盟的权力一直集聚在少数老人的手里，但这不代表所有人都有同样的想法。那天在领袖官邸，我听见了你所说的话。我，还有很多跟我一样的人，都不愿意眼看着自由同盟变成另一个宇宙联盟。如果你愿意的话，我们可以帮助你。"

又是一拨人马。方逸疲惫地开口："然后是新的交换条件吗？"

"条件？"夏尔唇角轻扬，抬头直视了他的双眼，"你要成为新的领袖，同我们一起改变自由同盟。"

方逸霍然一惊，夏尔的眼神是如此熟悉，就跟当年的秦裳和自己完全一样。还没有被磨灭的希望之火，正在他胸中燃烧着，再透过眼神折射而出。

"你们，想怎么帮助我？"

年轻的副官又向四周望了一眼，声音压得更低："军队和警察部队里，都有我们的人。在老人们有所警觉之前，先下手为强。"

武装政变！方逸心中一惊，陷入了沉思之中。刚刚成立不久的自由同盟，根本经受不起这样一场突如其来的风暴。但如果不这么做，他的那些旧属，包括他自己，都将被掌控这里的黑暗所吞噬。自由同盟的人民，也将坠入第二个深渊。

"怎么样？"夏尔催促了一声。

"……我需要考虑一下。"他无法在这么短的时间内，决定如此重要的事情。

"最好别太久。"夏尔微微点头，走出了房间。

自己果然还是太天真了吧？在权力的旋涡中，根本就没有做梦的余地。方逸更加感觉到自身的无力，越是这种时候，他就越是会想起秦裳。

我真的，做错了吗？

8. 阴谋

方逸还没有做出最后的决定，一件让整个自由同盟都为之震惊的事情就已经发生了。

那是在一次公开的集会上，同盟的领导层悉数出席，就连被困在寓所多日的方逸，也意外地受邀参加。当然，警卫们为他挡开了所有试图采访的媒体，让他完全没有机会向民众发言。

集会重要的议程之一，就是义军的元老、自由同盟前委员长尼克的演讲。对于已经看清了他真面目的方逸来说，演讲再鼓舞人心、富有煽动力，都再也引不起他的兴趣。

他百无聊赖地观察着整个会场，考虑着穿过警卫们的封锁线，在直播镜头前公开发言的可能性有多大。就在那时，他忽然看见了博伦。

自从那一晚后，他再也没有见过的原副官，竟然公然出现在隆重的会场里，而且若无其事地越过警卫们的封锁线，悄无声息地接近了正在台上慷慨激昂着的尼克。

枪声响彻全场，一瞬间混乱得不成样子。

方逸霍然站起，想逆着人流冲上前去，却被监视着他的警卫们不由分说地拉向会场外疏散。他最后看见的场景，就是博伦丢下了手中的武器，毫无反抗地任警卫给他戴上了手铐。

究竟发生了什么事？他浑浑噩噩地想理清思路，然而拥挤的人群忽然停滞下来，所有人都不明所以地回头张望着。

方逸也茫然地转过头，只见身后的人群默默地向两边分开，警察总长亲自带队，几名警察大步地向他走来，并在他面前停下脚步。

一时间，四周寂静得有些可怕。

"方逸将军，现在我以指使刺客暗杀尼克前委员长的罪名逮捕你。"

嗡嗡的声音在四周响了起来，起初还勉强压抑着，接着就越来越嘈杂。闪光灯连续闪烁，那是媒体在不失时机地抓拍重磅新闻。

冰冷的手铐在手腕上合拢，发出"咔嚓"的轻响。刹那之间，方逸忽然回忆起刚才所看到的最后画面：倒地不起的尼克，被警卫控制住的博伦，还有眼神阴郁的艾伦……

忽然之间，他似乎触碰到了事情的真相。然而，那不过是他的推测而已，毫无证据。现在，就算他说出一切，也没有多少说服力。更何况，那些人也不会让他有开口的机会。

"方将军，好久不见。记得上次，你还说要将裁决的权力交给人民，原来所指的，就是这么激进的行动吗？"

审讯室的门再次开启，进来的竟然是艾伦本人，他得意地盯着被铐在桌前的方逸，露出了志得意满的笑容。

"博伦在哪里？"方逸平静地开口。

"这种时候还在关心前部下的安危。既然这样，又何必让他们置身险境？"艾伦在他对面坐了下来，鹰一样的眼眸凝在他的脸上。

"别再演戏了。指使博伦刺杀尼克的人，其实就是你吧？"

如果没有人提前对会场的警卫们做出安排，博伦根本不可能那么顺利地接近尼克，而最有可能布置这一切的人，当然就是跟尼克有着利益冲突的艾伦。这一点，方逸早就想清楚了，但他不明白的是，博伦为何会参与这场权势之争。

"你究竟对博伦做了什么，才让他听从你的命令去刺杀尼克？"

"很聪明嘛，方将军。可惜之前面对我友好的提议时，你却愚蠢得难以置信。跟你不同，你的部下更在乎昔日同僚们的性命，只要能救出他们，他愿意做任何事。"

原来是这样，博伦是为了救其他人。方逸沉默了下来，全怪自己的无能，才让他不得不选择了这样一条道路。博伦是从宇宙联盟叛逃过来的外来者，本来就容易招人怀疑，再加上他曾经是自己的属下，艾伦正可以借此机会，把罪名全推到自己的头上。

果然是一箭双雕的计谋。

"你真的会放过其他人吗？"

艾伦带着胜利者的笑容走到门口时，方逸忽然抬头，冷冷地问。

对方停下了脚步，沉默地看了他一会，再次微笑起来："你觉得呢？"声音里有彻骨的寒意，让方逸情不自禁地颤抖了一下，稍微停顿之后，艾伦又淡淡地补充道，"暂时，你们都不会有事。这么重要的案件，必须要经过公开的审理。不过，我会让你亲眼看到，曾经追随你的忠实部下，怎样在面向全同盟的直播镜头里控诉你的罪行……这一切，都是因为你的天真所致。"

冷笑声逐渐远去，方逸的心却久久不能平静，故人的话突然又闯入脑海中。

"在战争中心软的话，那可是足以致命的啊。"

全都被你料中了呢，秦裳。他不禁苦笑着低下了头。

9. 政变

几天后，方逸被看守从囚室中带到了另一个房间。看见房间里的视频装置，他立即明白，这就是艾伦安排的面向全同盟的直播控诉。

他从容地在椅子上坐了下来，决定静静地看完这出闹剧。无论如何，艾伦都不会让自己活下去，但那又如何呢？他们无法浇灭所有人的梦想，即使没有秦裳，没有自己，也还是会有其他人挺身而出，不管是在宇宙联盟还是在自由同盟。

典狱长将视频装置打开，屏幕上出现了人头攒动的公审会场。自由同盟所有的重要人物全都端坐在主席台上，先是听取警察总长的案情汇报，接着是艾伦假惺惺的悼念和义愤填膺的控诉。

最后被带上来的，就是镣铐缠身的博伦。会场立即沸腾起来，激动的人群怒骂着、拥挤着，恨不得亲手把他撕成碎片。在不明真相的民众眼中，尼克仍然是德高望重的起义先驱，他们理所当然地痛恨着将那个老人暗杀了的刺客。

方逸凝视着脸色苍白、神情憔悴的原副官，心头有些刺痛。是他的决策失误，才让这批忠心耿耿的部下们也随自己踏入死地。所以他一点都不怪博伦，是自己欠了他们。

透过屏幕，他能看见博伦的眼睛里闪烁着异乎寻常的神采，那完全不像是穷途末路、陷入绝望的人所应有的眼神。

心脏咚地一跳，博伦他究竟想做什么？

"是我刺杀了尼克前委员长，但我所做的一切都是受人指使。"博伦的声音镇定地响起，让骚动着的人群暂时安静了下来，他直视着镜头，忽地加快了语速，"指使我的人，就是现任委员长艾伦。是他下令秘密逮捕了我的旧同僚，用他们的性命威胁我跟他合作，还让我在事后把一切责任推到前上司方逸的身上……"

人群再次骚动起来。警卫们在艾伦的示意下扑上前来，试图阻止博伦说下去。博伦则死死抓住话筒不放，最后几句话简直是吼出来的。但很快，话筒就被夺走，仍在拼命叫喊着什么的他也被拖了下去。

会场混乱不堪，神情尴尬的艾伦也快步离开，边走边打开手腕上的通讯器。

"滴滴滴"，典狱长的通讯器响了起来，刚按下接听键，那边就传来艾伦阴沉的声音："杀了他。"

典狱长按断通讯器，立即毫不迟疑地拔出佩枪，对准了方逸的额头。

一切都发生得太快。

"砰"地一声，房门被猛地撞开，连续不断的枪声随即响起，反应敏捷的方逸就地一滚，躲到了墙角。几秒钟之后，四周又安静了下来，脚步声响，在他面前停了下来。

"方将军，请立即跟我们走。"

夏尔？

方逸惊讶地抬起头，果然是尼克的年轻副官，他全副武装，眼神坚毅。

"我知道暗杀尼克的不是你。没有时间犹豫了，你真甘心就这样死得不明不白吗？"夏尔说得很直接，也很尖锐。

窗外不时闪起交火时的亮光，各种嘈杂混乱的声音此起彼伏。方逸陡然间意识到，夏尔及其同伴们的行动已经开始了。

"跟我们一起，去改变自由同盟吧，方将军。"

年轻人向他伸出右手，略一犹豫，方逸终于握住了那只手。

10. 乱局

以尼克刺杀事件为导火线，自由同盟迅速分化成两大势力：艾伦等"老人"所代表的守旧派，和夏尔等年轻军官所代表的革新派。

以迅雷不及掩耳之势救出方逸以后，人数处于劣势的革新派立即搭乘舰艇，转移到了拥护他们的星球，以此作为据点，跟守旧派正面抗衡。他们带走了同盟不到四分之一的舰队，但在方逸的指挥下，还是一次又一次痛击守旧派追击的舰队，并很快就站稳了脚跟。

因为博伦在直播镜头前的控诉，民众们也陷入了摇摆不定的恐慌之中，支持方逸的人几乎和艾伦的支持者同样多，这让试图将他们作为叛军歼灭的艾伦也承受着巨大的压力。

无论哪个阵营的内部，都不可能做到铁板一块，从军官到平民，身在曹营心在汉、暗中透露情报的人比比皆是、防不胜防，使得自由同盟更加动荡不安。

经历了冲突、对峙、胶着的阶段以后，两败俱伤的双方终于决定平等地坐在谈判桌前，签订停战协定，地点选在自由同盟内尚没有加入任何阵营的第三方星球——哈瓦那。

枪声响起，所有人都惊跳起来，并在第一时间寻找着掩护。方逸本以为是艾伦设下的圈套，然而转头望去，发现他也在警卫的簇拥下惶惶不安。

"是哈瓦那的国民自卫队。"观察着袭击者的服饰，夏尔在他耳边悄声说。

那边的艾伦似乎也发现了这一点，冲外面大叫道："莫亚斯领主，你这是什么意思？"

"抱歉，我们已经厌倦了战争。从今天开始，哈瓦那将重新加入宇宙联盟。至于你们，就是献给联盟的最好礼物。"之前一直道貌岸然的男人，声音里完全听不出歉意，反而厚颜无耻地笑了起来。

被出卖了呢！方逸淡淡地笑了起来，他检查着手里的激光枪。敌众我寡，他没有奢望能突出重围，但是，也不愿意就这样被捕。比起回到宇宙联盟，再次面对深不见底的黑暗，他宁愿自己战死在此时此刻。

枪林弹雨，光束乱飞，他正准备不顾一切地冲出房间，身后的夏尔却猛地将他扑倒在地。

"不能白白送死！"

他拼命地挣扎着，然而年轻人却死死地压住了他："别冲动！很快就……结束了……"

什么？方逸一怔，想问的话尚未开口，后颈已被人重重一击，他顿时陷入了无边的黑暗中。

II. 逐梦

门开的时候，方逸只是兴趣缺缺地瞥了一眼。

狭小的囚室，手脚的镣铐，他又回到了所痛恨着的宇宙联盟。黑暗中，他几乎察觉不到时间的流逝，没有预料中的审讯和拷打，也没有来自外界的任何信息，他似乎已经被完全遗忘。

直到此刻。

修长的人影伫立在门口，走廊上的灯光勾勒出他的轮廓，虽然看不清样貌，方逸的心中却忽然有了些许悸动。

徒劳地睁大眼睛，想分辨出那人的模样，却反而被门外的亮光刺痛了双眼，方逸伸手去揉，就在这时，对方开口了："方逸。"

他的手猛地停顿在半空中。这个声音，没有人比他更熟悉，然而，声音的主人却绝不应该出现在这里。

"你……没有死？"艰难地吐出这几个字，方逸有种极不真实的恍惚感。

那人回头低声说了句什么，囚室里忽然就亮了起来，然后他轻轻关上房门，将世界隔绝在了两人之外。

秦裳，完好无损的秦裳，唯一的变化就是第八舰队的军服换成了宇宙联盟的制服。他目不转睛地盯着方逸，眼神有些复杂："瓦伦星攻防战，我并没有亲自参加。"

方逸沉默不语。

"在那之前，我已经收到了密报，舰队中有军官意图叛逃。研究了叛军的情报以后，我认为不妨将计就计，利用叛逃者这个不安定因素，打破叛军内部权力平衡的假象。高层批准了我的计划，但为了我的安全考虑，他们禁止我参加那场战役。"

方逸苦笑一声："演得真好，连我都瞒过了。"顿了一顿，他忽又轻声道，"你早就，怀疑我了吗？"

一阵难言的沉寂，有双妖异凤目的青年微微叹了口气："真希望，是我错了……但若不是你，这个计划成功的概率就会降到一半以下。只有你，才能用不逊于我的完美战术，替叛军取得他们想要的胜利；也只有你，有足够的魅力在短时间内积聚起威望，成为足以动摇尼克和艾伦地位的第三方。"

苦涩的笑意继续在脸上蔓延，方逸有种即将窒息的痛楚感觉："那些被我们消灭的舰队，其实是你送来的礼物吧？为了让我相信是你统率着中路军，甚至让已经突出重围的舰队返回……为了这个计划，即使牺牲任何东西，都在所不惜？"

秦裳抿了抿嘴唇，有一瞬的犹疑，但很快就坚定地开口："我想结束这场战争，方逸。再继续下去，受苦的仍然是普通民众。如果一部分人的牺牲，可以换来长时间的安宁，让我有足够的时间和精力去改变现状，那么……"

方逸凝视着曾经的挚友，如今却显得如此陌生。按捺住胸中澎湃的情绪，他平静地问："夏尔，也是你在自由同盟设下的棋子之一？"

秦裳没有否认："他的任务，是挑起叛军的内乱，让我们有可乘之机。"

"现在来见我，说明你的计划已经完全实现了吧？"方逸熟悉秦裳的风格，只要抓住机会，就雷厉风行绝不留情，在自己被囚禁的这些天里，外面一定早发生了翻天覆地的变化。

"内乱削弱了叛军的实力，想要说服那些星球回归联盟的旗下，已经是轻而易举的事情。虽然仍有顽固的抵抗者，但群龙无首，他们成不了气候。自由同盟，已经完了。"

"你也如愿升迁到了宇宙联盟总部吧，恭喜。"

方逸平心静气的一句话，却让秦裳脸色骤变，因为他听出了其中蕴含的深深讽刺。

"别这样说……任何人都无所谓，唯有你，不可以这么说。我是为了什么才要处心积虑地往上爬，你比我更加清楚。"青年始终沉静的声音里，终于有了情绪的波动，那份勉强压抑着的痛苦，明明白白地映在他的眼睛里，"只有这样，才能实现我们的梦想。我们曾经约定过，无论如何都要朝着这个目标前进，为什么……为什么你却中途放弃？"

"我从没有放弃过，只是，我们所选择的道路出现了偏差。"方逸凝视着对方，轻轻回答，"也许，是我太天真了吧？我不愿意用放弃自己的原则为代价，去肆无忌惮地追寻梦想。我总觉得，有些事一旦做过，就永远无法再回头。即使目标是为了正义，但不代表在实现它的过程中就可以罔顾底线。这样下去，也许会变成连自己都看不起的陌生人……那不是我想要的结果。"

"你现在，是不是很看不起我？"秦裳似乎承受不住身体的重量，缓缓地倚靠在了门上。

方逸微微一怔，望了他半晌，终于摇了摇头："我不知道。"

突如其来的真相，让他的心纷乱如麻，然而奇怪的是，他仍然无法憎恨眼前这个欺骗利用了自己的人。事实上，得知对方还活着的瞬间，他心头涌上的是惊喜，直到现在，那份喜悦仍未淡去。

但他仍然无法认同秦裳的做法，更担心，以后的他会比现在更加可怕。

"你会变成让我看不起的那种人吗？"沉默片刻后，方逸再次开口，"会变成当年你所痛恨的那种人吗？"

"不，永远不会！"秦裳激动地回答，他向前走了几步，"我知道你在担心些什么？但不管世界变成什么样，我都不会忘记自己的初衷。相信我！"

方逸凝视着他的双眼，那里面仍有着当初的激情和神采，让他情不自禁地回想起过往的岁月。有些出神地望了对方良久，他才点点头："我相信你。希望真的有那么一天，你能实现我们的梦想……"

"方逸！"秦裳猛地抓住了他的胳膊，"写悔罪书吧，就说是为了配合我的计划，这样我才能救你出去。"

他静静地摇头："不，我已经不想再说违心的话，你也不必再为我做任何事。"

秦裳的瞳孔猛然间收紧，却仍执拗地拽着他不放，直到方逸从容地拉下他的手。

"这是我最后的决定。即使是错，也请让我坚持到底。我是个笨拙的人，只懂得坚守自己的原则，我为此吃过不少苦头，但至今都不后悔……只除了一件事。"他望着秦裳，停顿片刻，终于又道，"我曾经真的想要杀死你，对不起。"

那一刻，他为了实现自己的目标，抛弃了十二年的友谊。这样的他，又有什么资格去责备秦裳？

明明目标一致，最后却不得不分道扬镳。直到现在，方逸都不知道究竟哪条道路才是正确的。然而，若连摸索的勇气都没有，他们的梦想永远不可能实现。

他失败了，还有秦裳，还有无数跟他们相似的人在不懈努力。想到这点，心里竟是出奇的平静，所剩下的，唯有无法亲手实现夙愿的遗憾，和对自己所背弃的好友的歉意了。

秦裳望着他，欲言又止。方逸的决意已无法改变，他所能做的，唯有带着两人份的努力继续向前，直到实现彼此梦想的那一天。

有句话，他藏在心里，始终没有说出口，因为不想再增加方逸心中的歉疚。

那一日，在瓦伦星攻防战中，即使亲自统率舰队的是自己，即使明知等待在前方的是陷阱，他也会义无反顾地赶回去。

那是渗透在血液中的本能反应，再不受理智的左右。

如果自己能早些察觉，结局或许会有所不同吧？

悔恨如同毒蛇，撕咬着他的内心，从未对自己的抉择产生过怀疑的秦裳，也有了微妙的动摇。

正确的道路，究竟在何方？

方逸不知道，秦裳同样也不知道。但即使撞得头破血流，他们也仍然要走下去。

终有一天，将抵达光明的彼岸吧。

{END}

奔跑吧！男神

绘 Easiyu 羽

运动逗趣小四格

绘 墨染宣华

足球

优酱的男朋友是个中美混血儿，热爱踢足球。

她常常在幻想那些更衣室里的事儿……

今天太过瘾了，他们队那个前锋够厉害！

过来帮我搓个背。

哎？我的肥皂呢？

等我洗完头。

这呢！

你想太多了，大家只会臭烘烘的直接换衣服然后彼此嫌弃的走开。

为了这项运动，本来苗条的他吃成了
一个壮硕的汉纸。

常常，他的家人好友会来探班，
但每次看到的都是如此惊险刺激的画面……

······

还是放弃给他找个女朋友的想法吧，
会有被家暴的危险！

找个男人才能制服他！

······

链球

运动逗趣小四格

绘 墨染宣华

163

运动逗趣小四格

绘 墨染宣华

跨栏

跨栏小子给自己取名SONIC，偶像是那些如同野牛一般的黑人选手。为了让自己的大腿更有力量他选择每天吃牛肉。

SONIC脑子里有一张美食地图。

我知道哪里的牛腩最好吃！

顺路，SONIC还吃了猪排、烤鸡腿、酸辣鱼、芝士蛋糕……

终于，他顺利变成了一个胖子。

男子跨栏110米

快看呀，简直就是跨栏杀手！

见一个跨栏碾压一个！

见神杀神见佛杀佛！

请问您夺冠的秘诀是什么？

运动逗趣小四格

绘 墨染宣华

运动逗趣小四格

绘 罨染宣华

跳水

全国XO游泳大赛上，跳水小王子一出场便吸引了大家的目光，简直瞬间就成为炙手可热的明星。

动物赛跑

绘 萌Ａ公子

狐族王子想去人类城市游玩……

把自己变成一个小秀才的样子。

它按回自己的小耳朵。

结果这一切都被藏在树丛后的小道士看到了。

169

动物赛跑

绘 萌Ａ公子

王子被劫的消息传到众妖耳中……

狐王给出承诺，谁从道士手中抢回王子，谁就可以和王子成亲。

快去把皇子救回来！

众妖纷纷出发寻找王子。

一路上腥风血雨……

许多妖怪倒下了……

动物赛跑 绘 萌A公子

只有少数强大的妖怪
到了小道士面前……

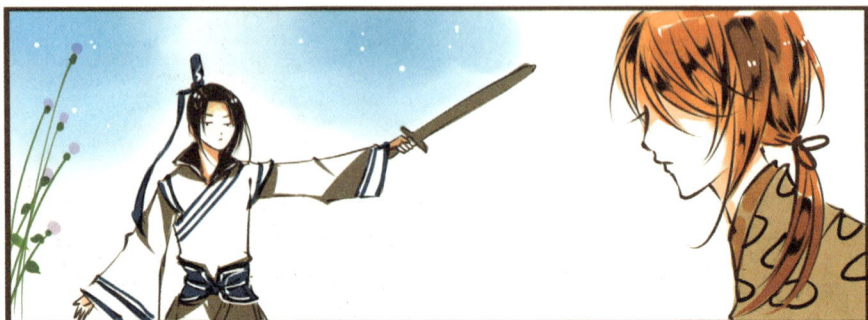

他们展开了激烈的
厮杀……

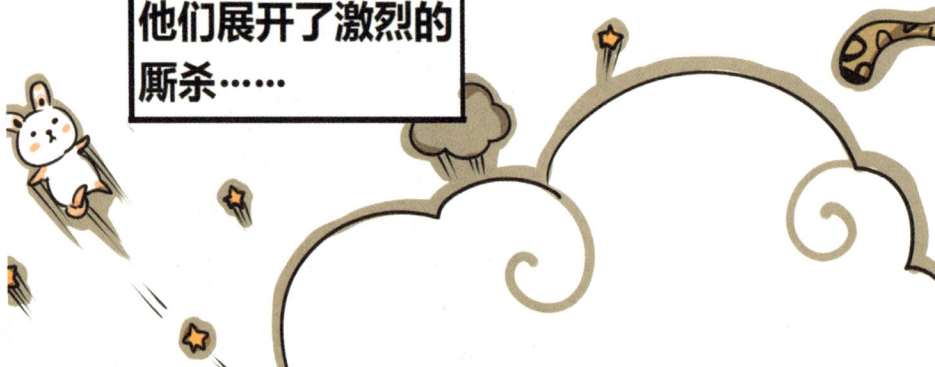

172

最后小道士和众妖都倒下了……狐王翩然而至……

来，拿着糖，跟爸爸回家。

哼！我儿子怎么可能跟别人成亲！

绘 鹿菏

陆从今夜明

文 紫堇轩

❀

作为一个资深失眠患者，我听了朱雀推荐某个催眠师的神奇功力，不免心动了。

“陆医生你好。”我招呼，坐在面前的白衣男子肌肤胜雪，面冠如玉，正堂的风经由他身，仿佛瞬间静止，凝为暗香。我留意到被刷成明黄色的墙上挂着元道博士亲授的国际催眠师证书。

“请先填这份问卷。”他头也不抬，精致的五官却映在了透明的玻璃桌上。

全是选择题……重新有了当年高考涂答题卡的感觉。

交卷后，陆医生带我进入房间，拉上门帘，耳边开始有了轻音乐。

陆医生从口袋里掏出怀表，“闭上眼睛深呼吸，想象你此刻身在一片平静的茫茫大海，你躺在小舟上。”

“抱歉，我怕水。”

“问卷里说你会游泳。”

“但那不是泳池，是大海啊！我可不想年纪轻轻去喂鲨鱼。”

“那好吧，你想象自己睡在一张柔软的大床上。”

“我爸说硬硬的木板床有利于颈椎。”

他竟不恼怒，没有骂我事儿多，脾气温吞得可怕。

“我知道你失眠的原因了。有些人是病理失眠，而你是心里头忧思繁多。”陆医生将遮住眉眼的刘海往后一捋，我终于看清他摄人魂魄的茶色眸子，“你应该享受年轻的生活，去恋爱、脱单。”他扫了一眼表格上的“恋爱状态：单身”字样。距离很近，我才发现陆医生有一双看久了才会现形的内双的眼睛，侧面深邃的眼窝和睫毛翻卷的弧度看上去有点点像混血。更悸人的是，他的皮肤是近似透明的，几乎可以看到底下猩青色血管的涓流。

"不，我享受单身，我急切需要的是脱贫。你知道吗，我每天都在忧伤那点钱应该怎么花……你的诊疗费，还是我朋友借的。"

借钱的土豪正是朱雀。

我无耻地对陆医生说："家里揭不开锅了。如果你有什么生财之道，带我脱贫带我飞。我可以当你徒弟，留下来帮你打杂的！"

❀❀

好心的陆医生居然没有拒绝我，他给我一个月的试用期。

但他扶额的样子大概是想我来错了地方，应该去精神科。

我留下只会添乱帮倒忙。

果然应验，我吓跑了一个穿着华服的公主病患者。

艾莉丝小姐要催眠的理由是，要进入梦境里遇见她的情郎。

我扫地的时候看到她频频对陆医生暗送秋波，气不打一处来。岂有此理！陆医生那么完美，世间没有一个人配得上他！

"岂有此理！"旁边一块大扫除的前辈阿水同仇敌忾。说是前辈，其实也就比我早来了三天。阿水小声吐槽道："我们明明到打烊时间了！这养尊处优的富贵小姐是不知道劳动人民的休息时间有多珍贵吧！"

"人家每天都是休息日呢！你看她那长到可以当杀人凶器的美甲，就知道十指不沾阳春水啦！"

毫无疑问，我、阿水是一个世界的人，我们跟艾莉丝则是两个世界的人。这种公主，电视里看过，书里读过，但现实生活还是第一次见到活体。

陆医生像一个神奇的虫洞，将两个次元的人拼凑到了一起。

我打开背包，捏掉氧气袋，把从实验室偷来豢养的小仓鼠放出去。

作为雨夜里被陆医生从垃圾站捡回来的"宠物"男佣，阿水恨不得代替小仓鼠冲出去。我用眼色示意他不要冲动。

"去吧！皮卡丘！"

小仓鼠领命，以百米冲刺的速度冲进了艾莉丝的鞋底。

"啊！"她整个人从座位上炸了起来，"陆医生，你这里……有老鼠！！！"

老鼠？咳咳，这个白痴，赶紧走吧，以后大家井水不犯河水的好。

冲着那个双手拉起蓬蓬裙逃跑的背影，陆医生蜻蜓点水地责骂了负责打扫卫生的阿水两句。

"抱歉呐，连累了你。"我嘀咕。

"多大的事儿！这里的敌人真是太多了，谁让陆医生是个万人迷？对了，你也喜欢看《口袋妖怪》吗，为什么叫它皮卡丘……"

"个人恶趣味罢了。"

我乐呵呵地拿起一杯汽水饮尽，完全没有想到，阿水口中的"敌人"，亦包括我。

❀ ❀ ❀

"国内拍关于催眠的电影，果然票房都不是很理想，表演手法太浮夸了。但不影响莫文蔚还是我女神之一。"看完《大催眠师》，陆医生、我、阿水一行三人从包了场的电影院出来，陆医生感叹。

气氛忽然有点凝重。我想起当初和班上同学一起看《盗墓空间》，简直人满为患。

阿水忽然提议道："我请两位吃爆米花吧！今天刚发了工资。"

属于陆医生的私人时间很多，他偶尔会跟我们出来娱乐消遣，但更多时候只在家里侍弄花草，闲云野鹤。因为失眠的人大可去医院拿安眠药，而催眠疗法在本市方兴未艾。何况大家偏执地认为看心理医生的都是心理有问题的人，自然躲得远远的。

陆医生用一桶爆米花的时间给我们两个不成器的助理耐心地科普——催眠师主要是研究一种辅助的治疗手段。当客人感觉到压力山大时，灵魂已经在发出反抗的讯号。这就需要借助催眠师的魔力让他们静下来，重新定位生命、呵护身心。但同时正由于新职业，圈子里鱼龙混杂，有人也因此滥竽充数败坏行业名声。催眠师的道具都千奇百怪，每个人有自己特殊的习惯和爱好，比如，策略派催眠大师艾瑞克森就是靠"像您这样意志坚定的成功人士，怎么会被我催眠呢？"这样一句看似认输的话，成功地让一位挑战他的人睁着眼睛进入了催眠状态。

夏夜路灯下，我看着陆医生修长的背影，有一句话堵在喉咙口："其实，爱情才是最厉害的催眠术啊！爱让人一叶而障目，爱让人疯狂，正如头顶那飞蛾扑火……"

❀ ❀ ❀ ❀

这期间，陆医生又陆续接待过产后抑郁的新新人母、自闭症的儿童、因失恋而心理遭受创伤的女学生……

对于这种抱着正常心态来投医的，我和阿水绝对不会出手为难。能亲眼见证他们被陆医生植入能量、重新投入到幸福生活，本身也是一件幸福的事情。

大言不惭地说，本该辛苦的兼职生涯竟然有点像在度蜜月。

我甚至认为就在此了结一生，躯体衰迈，形貌老败也无妨。

我原本以为阿水也是这样想。直到我从背后发现他正趁陆医生外出，打开了他的私人电脑并插入 U 盘。

我是在窗外隔着玻璃发现的，那天我回学校论文答辩，结束后本想着来给他们送夜宵，不说是为了制造惊喜。

阿水竟然在拷贝陆医生的研究成果！

我绕过玻璃窗，冲到大堂："你这个吃里扒外的家伙！陆医生待你不薄！他是你的恩人啊！为什么要这么做？"

"他在国际催眠大赛中，夺走了原本毫无悬念属于我哥的荣耀，我不甘心，我要接过哥哥的火炬，为他报仇！哥哥原本是那样阳光的一个人，在遭遇挫败以后，就开始变得消沉痛苦，后来就……"

"手下败将，该好好修炼卷土重来，为什么要做这下三滥的勾当？"

"是吗？可惜哥哥已经不在了啊……你告诉我，如何卷土重来？"

我噎住，但很快就反驳："那陆医生也没理由为他的人格懦弱买单！"

"住嘴！你不了解哥哥，你没理由贬损他！"阿水的表情变得陌生而扭曲，直接抓过桌上一只水杯砸向我。

我本能地避开，水杯却没有发出落地声。

我回过头，"陆医生，你回来啦？"

"阿水，原来你当初晕倒在我门口谎称孤儿，就是为了今天？你误会了，其实阿部他输得心甘情愿。他还说，当初学习催眠，是为了医好他弟弟的心病……那种被好胜心吞噬、仇视世界的魔障。只可惜，如果是一个不愿意被催眠的人，即使是顶尖催眠师也无能为力。"

原来阿水当时看到艾莉丝，并不是和我一样觉得她来骚扰陆医生而生气。他是嫉妒她优渥的装扮和风光的豪车。

"陆医生，你今天也累了，早点休息吧！这里就交给我。这是男子汉与男子汉之间的针锋对决。如果今晚阿水能将我催眠，那么，我认输，这个研究成果，让他带走。"

我说完这句话，发现陆医生看我的眼底掠过一丝辉芒。

他是在想我一个初出茅庐的毛头小子竟敢以下犯上？

或者觉得我是一时兴起，赌上了一个成年人的志气？

……

陆医生和阿水都不知道，来这里以前，我接受过斯坦福催眠感受性量表的测试。

满分 12 分，得六分以上才具备有足够的移情能力能被催眠，而我得 2 分。这也就是开头我为什么没有被催眠的原因。

可是阿水嘴角掠过一丝冷笑。我差点忘了他生平最恨被人摆布。他反诘道："凭什么答应你？我要的比赛，是你来将我催眠。"

我皱了皱眉，心想这叛徒的智商也不低嘛！

但我还是郑重地点了点头：应战。

窗外聚沙成塔的云团，上一秒风平浪静，下一秒雷声轰隆。

❀❀❀❀❀

想看尔虞我诈、生死巅峰的少儿不宜血腥场面的殿下接下来可能要有点失望了。

"江湖传言，我这枚吃货，只要美食下肚，就会不自控吐露出一些心迹。"

这是之前我喂皮卡丘吃瓜子和鸡肉时，阿水对我无意间说的一句话。一边说他还把手在工作服上蹭了蹭，没风度地跟一只饥肠辘辘的仓鼠抢粮食。

但我却深深地记住了。

他最爱的食物是居酒屋的寿司和烤串。于是我用几百大洋收买了他。当阿水被软壳蟹的美味征服、被金枪鱼和海胆击中要害、被两坛清酒灌醉到微醺的时候，我们以和平不见硝烟的方式分出了胜负。

他很平静地、温柔地吸纳着酒精的气味，对我说出他和哥哥阿部的成年往事。

那些风花雪月不会再有。

其实阿部将自己与茫茫江水融为一体，是因为拿到了诊断书，迟早需要离开人世。

那江里面有肥美的水草，有千百年来堆积而成的金黄色河床，包裹着阿部殉情对象的尸骨。

阿部在生命的最后几十分钟，做了他一辈子想做、却又不敢做的事情。他暗恋着江里死去的故人，却守口如瓶默默守护。如今，他要去另一个世界寻找爱。那种爱，是一种不求回报的天然行为。

爱一个人，就算有朝一日得天下，不若当君胸口一朱砂。翻过那么多高山，淌过那么多浑水，为的是死在那人怀里。

相较之下，更多的人类总是习惯以爱之名，索取更多热爱以外的东西——名利、欲望、各种非分之事……哪怕追求一种职业梦想，也非要分出个高低不可。

"奈何取之尽锱铢，用之如泥沙。"我念出了《阿房宫赋》里的话，将昏睡过去的阿水背起来，融入夜色。

——这家伙，可真沉啊！吃了不止三斤酒肉了吧！

我又开始掉书袋："行路难，行路难，难于上青天……"

被一个比我矮比我瘦的人搞得走不动路，真是屈辱。

与其说我热心肠，不如说我听从了自己诚实的脚步。

它们乐意为了陆医生走这一遭。

❀ ❀ ❀ ❀ ❀ ❀

"这是做事之前的仪式吗？"迷迷糊糊中，被放置到沙发上的阿水恢复了一点意识。

"没什么，你不是喜欢被人摸头嘛！快休息吧！"我理了理被他抓皱的衬衫领口，往外走。

"那是小时候，每当我做了好事，哥哥就会摸摸我的头表示赞赏……"

背后的人重新打起了轻微的呼噜。

其实阿水就像皮卡丘一样，他们都还没有长大。就已经被时间的洪流冲入成人世界，不得已地东奔西顾、谋生亦谋爱。

他们要花费很多力气去打败自己的敌人，也打败过去不够美好的那个自己。

阿水心口失衡错乱的天平，自然会有人补上砝码，只是那个让他绝处逢生的人，还没到来。

抬头只见一轮皎月，在泼墨般肆虐的天空显得异常夺目。

想起陆医生曾经对我消极对待治疗的态度表示非常不满。

"如果你为了躲避我任性地后退一步，我也不介意任性地朝你前进一步。"

他的口吻是军人般的权威，仿佛阅人无数。

他也曾经对我的不学无术深感气愤，扬起袖子要赶我走。

"爱咋咋地，老子不伺候了！"心里这么想着，我的身体却90度鞠躬，像一只天鹅一样优雅地伸出脑袋："动手吧，打到你气消了为止。"

在哄人这一方面，我比很多人都要强。这世上很多疑难杂症，高明的神医也开不出处方，我则有能力让他们尽付笑谈。否则，我出现在他的电视剧里，顶多只能活两集。

就好比我身为富贾公子，却非要以纯属虚构的穷小子身份挤进一个名不见经传的小诊所实习打工——哪里是因为想赚钱啊……

我早就查证过了，这个陆医生白天不出门接诊，是因为患有日光恐惧症。他那久久得不到阳光亲吻、偏离了主流审美标准的透明肤色，就是佐证。

181

　　这就是为什么每次他都只是锦衣夜行。

　　我只不过觉得，陆医生这种有着危险美学长相的珍稀生物，很有趣罢了。

　　他照顾着脆弱有伤的病人，而由我照顾着他难以启齿的脆弱。

　　我只不过是不愿意，以后遇到一个人，说她也喜欢陆医生，然后我发现，她口中的陆医生，那个人很好、外冷内热、带着双子座分裂矛盾性格的陆医生，我并不认识，更从未深交。

　　那该是多大的遗憾。

　　这样想着，脚下的步履不自觉轻快了起来。

{END}

绘 苍狼野兽

御风而行

文 焦糖冬瓜

　　陈语风高高跳起，篮筐近在眼前，啦啦队的呼喊声从他的世界抽离，心脏停留在猛烈跃动最有张力的那一刻。

　　两名身材高大的对手跳了起来，张开双臂挡在了篮筐前，黑压压仿佛将所有光线都遮蔽。

　　场外观战的学生们张大了嘴巴，也有人捶着大腿，痛惜他错失了最后反败为胜的机会。

　　陈语风的唇角勾起，将手中的篮球向后潇洒地一甩。

　　一个身影准确地停在了那个位置，"啪"地一声将球稳稳接住，起跳时毫不犹豫，腰身如同破茧之蝶，手腕一个旋转，球在半空中滑过优雅的抛物线，在所有人的视线中漫游，落入了篮筐内。

　　比赛结束的哨声响起。

　　那一记三分球锁定了南师附中的胜局。

　　南师的学生们欢呼了起来，高喊着"陈语风"和"周御"的名字。

　　名叫周御的少年牵起领口，擦了擦脸颊上的汗水，这一切就像理所当然一般，他没有露出任何欣喜若狂的表情。

　　反倒是陈语风张开双臂，朝着周御的方向狂奔而去，一把抱住了对方。

　　"哈哈！我就知道你在我的身后！"

　　"滚远一点，一身汗臭味。"周御不耐烦地拨开陈语风的胳膊。

　　"小御，我就喜欢你这样'欲迎还拒'的性格！"

这时候，南师附中篮球队的中锋鲁浩冲了过来。

"你们俩行啊！不愧是我们南师附中的双子星！"

鲁浩在陈语风的背上一拍，要知道这家伙可是身高一米八几的中锋啊，那熊掌不知道盖了多少人的火锅，陈语风的肺都快给他拍出来。

冷不丁，陈语风只觉得自己的嘴巴撞上了什么，又软又热的……

全场一阵哗然，陈语风睁大了眼睛，猛地将脑袋向后仰，这才明白刚才自己是撞上周御啦！

女生们一阵尖叫，发疯了一样，一浪高过一浪。

男生们笑得沸沸扬扬。

鲁浩向后退了两步："那个……什么……真对不起啊……哈哈……"

陈语风盯着周御已经完全冷下来的脸，背脊一阵发麻。

别的女生只知道周御长得帅，周御身材好，周御是学霸，周御篮球打得好，周御三分球投篮命中率全市高中生第一……总而言之周御没缺点！

而且清心寡欲不闹"绯闻"，从小学到高中，从没有拉过女孩子的手！

但身为室友和队友的陈语风却很清楚，周御根本不是什么"坐怀不乱柳下惠"，这家伙明明是有洁癖！别说亲一下啦，拉个手他都忍不了，还谈什么鬼恋爱？

陈语风低下头来，瞥见周御的拳头已经握紧了，指节开始泛白了。

唉哟妈啊，这苗头不对！赶紧闪！

陈语风还没来得及撤退呢，领口就被周御拽了过去。

眼见着对方的拳头都抡了起来，陈语风赶紧抬起双臂捂住自己的脸。

"打哪儿都可以！千万别打脸！"

要知道他陈语风除了篮球之外，就只有脸可以看了。

把脸打坏了，就不招女同学喜欢了！

不远处本来要上来劝架的鲁浩愣住了，其他球员们抬起手挡着眼睛不愿意看陈语风的窘样。每回男生之间有点什么小摩擦，陈语风的第一件事就是举起书包挡着脸。

这会儿，丢脸都丢到北城二高了。

周御的拳头硬生生停在了陈语风的额头前，紧接着一把将他推开，就像丢垃圾一样。

他转过身，来到场边，找出自己的矿泉水，喝了一大口又吐掉，一句话没说，走了。

陈语风依旧保持着挡脸的姿势。

直到鲁浩上前，拍了拍他的肩膀说："嘿！嘿！周御走了！"

"你骗我呢！他不揍我，他能走？"

"他真的走了！这世上也就你，碰了他还能全身而退了！"

陈语风紧绷的肩膀垮了下来，伸开指缝看了看，周御还真的不在了。

"该死的鲁浩！你刚差点害死我了你知不知道！"

"周御不是没揍你吗？你又没少块儿肉！"

"被揍事小！失节事大！以后我还怎么在我南师附中全体女性心目中保持高大上的形象啊！"

"呵……哪个女生跟你交往三天之后还会觉得你高大上啊……"鲁浩摇了摇脑袋，走远了。

N市的高中篮球联赛还在继续，南师附中一路披荆斩棘闯入了四强，周御和陈语风这对搭档也是本市高中篮球界的经典搭档，那是牛奶和咖啡，谁也离不开谁。

只是这一回，陈语风对着自己的老搭档……真的是不能再尴尬了。

陈语风是县里来求学的，周御是外市的，两人都在学校里寄宿，陈语风拎着包回了宿舍，看见周御已经把床拉上了帘子，两人不用面对面了，他心里微微舒坦了一点。

他爬上了上铺，穿着满是汗水的球衣就在床上躺下了，十几分钟之后，他就觉得不对味了。周御他凭什么拉帘子啊？从前只有宿舍里来了其他人，周御不喜欢被打扰才拉帘子的。可这回儿宿舍里没外人啊，敢情他陈语风这会儿也让周御"隔离"啦？

越想越不爽，陈语风将脑袋探出来，用手撩了撩周御的帘子。

"喂！你一大老爷们儿，成天拉个帘子，不知道的还以为你女扮男装呢！"

没人搭理他。

"兄弟我是自己人，我从来就不介意吃你吃过的冰棒，喝你喝剩的面汤，这么对你掏心掏肺的人，这世上还有吗？"

还是没人理他。

陈语风来气了，直接从上铺跳下来，站在帘子前："我说周御！不就是不小心亲了你一下吗！你不是也刷牙漱口了吗？我都不介意那些女生瞎歪歪，你还矫情什么？"

就是不理他。

陈语风正要将周御的帘子一下给拆了，门却开了。

"你干什么呢？"

凉凉的声音从身后响起。

陈语风转过身来，看见周御站在门口端着饭盒看着自己。

弄了半天，他自编自唱独角戏这么久？

"我说你人不在，拉个什么鬼帘子？"

周御没有理他，将饭盒往桌上一放，自顾自地吃了起来。

陈语风终于给他和周御之间的关系有了比较清楚的定位，那就是：冷战中。

陈语风对自己说，冷战算个啥？就是茅坑里的石头，陈语风也能给它捂香了！

但……对待周御死缠烂打绝不管用，等他想开了，这一切就都好了！

只是陈语风没想到，一周过去了，周御还是没想开。

他真是不明白，周御到底发的哪门子的脾气？

周二的英语考试过去了，陈语风发现满卷子的英语单词，如同经文天书。他随便填了填答案，到了作文就完全歇菜了。

只是他这样不要紧，却把身为篮球队队长的鲁浩给急疯了。

当天下午，鲁浩拿着陈语风扔在抽屉里捏得皱巴巴的卷子冲入了他的宿舍。

"陈语风！你这天杀的！就是智障也不可能考这么个分数！"

但是陈语风不在宿舍里，只有周御端着一本英文书，靠着窗，撑着下巴看着。

就是身为男生的鲁浩，都不得不承认周御确实生的好看。额头高洁，眼睛的轮廓很美，眼窝又深，但又不阴柔，周身流露出利落和沉稳的气质。越看越耐看，和陈语风那小王八蛋的轻浮完全两个风格。

"他本来就是智障，你今天才知道？"周御凉凉地说。

"周御！你得救救球队！我们要是想赢过二中，没有陈语风调动全场，那是绝对不行的！可这家伙考的这什么鬼分数？英语老师都告到教务处去了！下周五陈语风补考啊！他要是考不及格……学校不让他上场啦！"

"这天迟早会来。"周御无所谓地将书翻到下一页，"求我也没用。"

"不是……你给他补习补习？你给他抓抓题？教他一些答题技巧！你看他的完形填空，全选A！我还指望着能拿到全市高中联赛冠军被体校看上呢！就我这成绩，好大学是读不上了，只能读体校啊！"

"陈语风人呢？"周御问。

"……陈语风……"鲁浩想了想，随即无奈地说，"大概……去隔壁网球学校，看穿着运动短裙的女孩子打网球了吧……"

周御起身，把书啪的一合，那架势……鲁浩觉得一切都有戏啦！

陈语风站在铁丝网外面，看着女孩子们的运动裙随着击球的动作翩飞，心里面也是得意的很啊！陈语风深深地觉得，她们治愈了自己在周御那里受到伤害的心灵。

只是还没开心十分钟，就有人拎着他的衣领，将他拽了过去。

陈语风的后背砸在铁丝网上，龇牙咧嘴叫了起来："干嘛呢！"

刚看清楚对方的脸，对方一脸冷峻的表情，左手利落有力地压了过来，"哗啦"一声按在他耳边的铁丝网上，一双冷眸简直要把陈语风给冻成冰棍。

"周……周御……你也来看女孩子打网球？"

周御另一只手轻轻一抖，陈语风三十五分的英语试卷就飘在了他的脸上。

"现在队里在讨论，你到底是智障？白痴？还是弱智？"

"这有区别吗？"

陈语风将自己的卷子赶紧折起来收进口袋里，要是被那些女孩子们看见了影响多不好？

"你周五补考，要是不及格，你是打算周六的比赛也不参加了吗？"

"英语是我的短板，我一点天赋都没有……小御，你就把我当个屁——放了吧！"

"你要真是个屁就好了！"

周御一路拽着陈语风的衣领，来到了一个公共篮球场，往地上狠狠一甩，陈语风的屁股都快摔裂开了。

周御向几个小孩借来了一个篮球，狠狠砸向陈语风的脸。

"不是说了不要打脸吗！"陈语风接住了篮球，不满地瞪向对方。

"九分定胜负，谁先拿到谁赢。"

"啊？"

"如果你赢了我，我就当你亲我这件事不存在。如果你输了，就给我老老实实把英语考过及格线，否则绝交。"

周御正在活动手腕，陈语风明白这家伙是动真格的了。

"九分定胜负？你还能不能更阴险点？你三分球那么厉害，三个球就game over了！"

"你也可以投三分球啊。"

"你明知道我三分球投不准！"

"你三分球不准怪我咯？到底比不比？不比绝交。"

周御转身就要走，陈语风赶紧扑上去抱住了周御的大腿："别走！我比！我比！"

你小子能不能左一句"绝交"，右一句"绝交"挂在嘴上吗？

几年的交情，篮球场上出生入死，到头来还不如不小心撞了下嘴巴以及一张英语试卷吗？

"来啊！"周御勾了勾手指，拽得欠抽。

陈语风开始运球，一双眼睛死死盯着周御。要说别的对手，他还真没当回事儿，但周御不同。这家伙不但"快、狠、准"，而且对自己了如指掌。

陈语风最擅长的是运球过人和对时机的把控，他冲向周御，连用了两个假动作试图甩掉对方，周御却并没有被陈语风晃过去，而是在陈语风侧身过人的瞬间将球截断。

眼见着周御退到了三分线外，陈语风不顾一切冲了过去，在周御起手的瞬间将球拍了下来。周御迅速转身，在陈语风之前将球追了回来，原地起跳。

陈语风傻了眼，这里离三分球线都远着呢，周御这家伙真是啥都敢干！

进不去！进不去！进不去！

陈语风在心中迫切地祈祷，但周御的精准绝非浪得虚名，连篮筐都没碰着，直接得分。

周御伸出一根手指，陈语风扯了扯嘴角。

又是一轮开始，陈语风知道自己必须改变周御对自己技术动作了如指掌这一情形，他放弃了那些不自然的假动作，起身投篮的时候遭遇周御的阻拦，他的手腕一个转动，篮球惊险地越过周御得分。

"三比二。"周御淡然地提醒陈语风。

两人你来我往，引来不少人的关注。几个初中生都在惊呼着"厉害"。

终于比分到达了六比四，周御只需要再进一球了。

陈语风在心中庆幸着还好周御是自己的队友，要真是对手，那简直是锁喉于三分线外，防不胜防啊！

陈语风的运球极为流畅，想要阻断他必须跟上他的节奏，但周御却始终跟在他的身后，看准时机低下身来，猛地将陈语风的球截走。

陈语风转身追球，周御却直接向后起跳，这完全出乎陈语风的预料！陈语风伸长了手指要将那球打下来，但球却从容地划出一道弧线，入篮的声音震在陈语风的心头。

眼看着周御就要向后摔倒，陈语风还是一把抱住了他。

这么近的距离，对上周御的眼睛，有一种要被吸进去的感觉。

周御只是不紧不慢地伸出三根手指："我赢了。"

陈语风愣在那里，他以为周御会推开他，但是周御没有，甚至还环上了他的后腰，用力勒了勒，似乎是为了提醒他。

"考过英语，还是绝交？"

奔跑吧！男神

绘 穆锦真

陈语风终于清醒过来，他咽下口水，向后退了一步。

"这个……有鉴于让我考过英语难于上青天，还是绝交比较有可操作性！"

"有我在，考过没问题。"

周御一把拽过陈语风，将他拖离了这里。

于是，陈语风的地狱突击时光来临了。

他霜打茄子一般坐在桌前，本以为周御会给他成山的资料，但是最后扔在他面前的只有二十多页打印出来的单词。

"先把这些给我记熟了。选择题里如遇这些单词，不用过脑子就选它们。"

"这样也行？"陈语风十分怀疑。

"你不过应付周五的补考，又不是上高考战场。"周御扬起了眉梢，那是深深的鄙视。

陈语风其实并不是真蠢，只要有了正确的方法，他逐渐有了突飞猛进的趋势。

周御将阅读理解的定位法交给了陈语风，陈语风发现自己就算全篇文章都看不懂，阅读理解的正确率也能在百分之七十以上！

再加上周御为他特别定制的"傻瓜三段式作文模板"，陈语风发觉让他头疼的英语作文也是万变不离其宗了。

陈语风在周御的鞭策之下，真的展现了一把"临阵磨枪不快也光"的奇迹，真的稳稳地掠过了及格线！

鲁浩看着陈语风得意洋洋展开的卷子，一个熊抱差点没勒断陈语风的肋骨。

"周御真是我们球队的救星啊！"

陈语风不是个滋味儿了："我说鲁浩，你抱着我感激周御，这算怎么回事儿？"

鲁浩在他的脑袋上拍了一下："难道你这个成天就知道看网球美女的臭小子靠得住？"

这时候，周御已经从教室里走出来了。手指将书包勾在左肩上，不紧不慢地掠过所有仰慕的视线，陈语风看着都不得不承认自己是帅在脸上，周御是帅进了骨子。

"小御！小御！我考过啦！"

陈语风扑上周御，揽着对方的肩膀，没心没肺地笑着。

周围的女孩子们望了过来，她们的笑容晦莫深沉。

周御大概是发现了女同学们正在窃窃私语，挥开了陈语风的手："离我远一点！"

陈语风起了坏心眼，他哪里会不知道那些女生一天到晚歪歪什么。

他故意撒着娇说："小御，你对我这么好，你要是个女孩儿，我就娶你为妻，一辈子对你好！"

女生们眼睛都睁大了，一个二个后悔没有把陈语风刚才说过的话给录下来！

谁知道周御单手扣住陈语风，猛地反身，陈语风的胳膊就被折到了身后，压倒在地的时候，下巴差点没磕在地面上。周御的膝盖牢牢顶在陈语风的后腰上，居高临下看着他。

"你刚才的话，还要不要再说一遍？"

"我……我那是夸奖你呢！"陈语风疼的龇牙咧嘴。

"哦，夸奖我啊。那你再说一遍咯。"

"喂！你这样子折我的胳膊，明天比赛还要不要我上场了啊？"

"别在这里给我装可怜，我用了几分力气，自己很清楚。你刚才有种说，怎么这会儿成缩头王八了？"

"谁是缩头王八啊！我说你要是个女孩我就娶你为妻！"

要你每天给我洗衣做饭搓脚擦厕所！

"既然这对于你来说是夸奖，那要不我也夸奖你一下吧。陈语风，你要是个女孩……"

"干嘛？你要娶我啊？"陈语风艰难地拧过脸来，看见周御那双黑曜石般的眸子里闪过一丝戏谑。

"除非你天天给我洗衣做饭擦厕所，不然休想我娶你。"

听起来他周御还挺仗义，没有"搓脚"那一条！

"鬼才给你……"

周御一个用力，陈语风就哭爹喊娘起来。

"说啊。"

"说什么？"陈语风颤悠悠地问。

"说你如果是个女孩……"

"如果我是个女孩，我一定天天给你洗衣做饭擦厕所……"

陈语风说的很小声很小声，周御松开了他的胳膊，在他的脸上拍了拍："真乖。"

然后周御将自己的书包挂上肩头，潇洒地走了。

鲁浩上前把陈语风给扶了起来："喂……你没事儿吧？"

"你刚才哪儿去了？"

"周御会柔道，我不是他对手，总不能还来做炮灰吧？"

陈语风愤愤地想，自己就是该和这家伙绝交！

周六的南师附中对战二中，战况日常激烈，分数一直紧咬着，直到最后都是平局。

即将进入加时赛，陈语风因为满场奔跑，累得够呛。

当然也是因为他灵活的运球给队友制造了无数得分机会。

球队的老师说了什么，陈语风完全听不进去，他只觉得耳朵发蒙。

"加时赛，对方一定会想办法封堵陈语风，大家要尽量为他减轻压力！"

"知道！"

老师对加时赛的战术进行了调整，陈语风是牵制对手的诱饵。

快要上场前，陈语风只觉得耳边一凉，是一罐冰可乐。

"喝吧。"

周御的体力保存的很好，但他也将成为对手观注的焦点。

"你不是说可乐不健康，不让喝吗？"

"我说不让喝，难道你有少背着我喝？"

陈语风裂开嘴喝了个痛快，临上场前，周御的手伸了过来，揉了揉他的脑袋，指节还在他的耳廓上刮了一下。

加时赛哨声吹响，陈语风果然被对方锁在了三分线外，机动性完全被封锁。

周御却活跃了起来，断球、截球、运球过人，假动作把对手骗得一愣一愣的，活脱脱陈语风的翻版。

对手原本看着陈语风的有两个，周御第一个三分球轻松入篮之后，另一个也转过来对周御贴身防守了。

比分还在交替上升，场内外所有人的心都悬了起来。

到最后两秒的时候，周御被对手围堵在三分线内。

他从两名防守队员的缝隙间将球推了出去，正好传在了正站在三分球线上的陈语风手中。

很少有人见到陈语风投三分球，大家都以为他会运球上篮，但他却在众人的目光中原地起跳。

鲁浩的血差点没吐出来，只能在心里咆哮：陈语风你不会射三分球就稳扎稳打啊！

陈语风已经起跳，他记得周御陪自己练习三分球时说过的话。

他记得手腕推送球的感觉。

他记得要如何调节呼吸。

他还记得周御说话时掠过自己耳边的气息。

对方球员起跳太晚，球已经划过了他的头顶。

鲁浩奔过去准备抢篮板，球筐下又是一阵争抢。

而周御却始终望着陈语风的方向，他的视线像是要将陈语风的身姿刻在空中。

周御用口型默数：三、二、一！

那一球稳稳落入篮中。

南师附中以一分险胜二中。

鲁浩先是惊讶，接着脸上都快要笑出褶子来了！

陈语风落地略有不稳，向后踉跄了两步，晃了晃，还是站住了。

队友们飞奔而来，将陈语风按到了地上。

"我的娘啊！你小子什么时候练出来的三分神技！"

"看来和周御住在一起还是有好处的啊！"

陈语风简直要被他们给压吐了，直到周御把他们拨开，将陈语风拉了起来。

这天晚上，陈语风翘着腿躺在床上听着《小苹果》，周御在下铺开着台灯看着书。

不知道为什么，陈语风竟然有点儿感伤。

他从上铺翻下来，直接挂进周御的床上。

"你干嘛？"周御作势就要一脚把陈语风踹下去。

"我们兄弟两个聊聊天呗！"

"你回去上面一样可以聊。"

"别这样啊，多不亲近啊！而且今天我洗过澡了！衣服也换了！"

"你根本就没洗干净。"周御的眉头蹙的很紧。

但是陈语风还是死皮赖脸地钻进了周御的被子里。

"你说，等高中结束了，我们是不是就会分开了？"

"干嘛？"周御将书翻到下一页，"大学里不是还有CUBA吗？你再努力一点，说不定我们还有CBA，甚至去打NBA。"

"你可以的，我肯定不行。"

陈语风侧躺下身，背靠着周御，闭上眼睛。

周御翻了几页书之后，用手肘撞了撞陈语风："你为什么不行？"

陈语风已经睡熟了，发出有节奏的呼吸声。

周御叹了口气，手指伸入他后脑柔软的发丝里，收回来的时候，指节在他的耳朵上刮了一下。

第二天，陈语风一觉睡到了中午，周御早就去自习了。

想着昨晚没被周御踹下床，陈语风怎么都觉得自己特运气。

他照例来到了隔壁的网球学校，隔着围网看女孩子们打网球，一看就是大半个小时。

"你再那么看下去，脸上都要勒出网格了。"

微凉带着戏谑的嗓音，让陈语风的心脏莫名提了起来。

他侧过脸，看见周御抱着胳膊靠在围网上看着自己。

一定是日光太美好，陈语风觉得此刻的周御竟然比乱七八糟杂志里的男模还要帅。

"还以为你一本正经呢！还不是和我一样喜欢看穿短裙的女孩！"

"谁跟你一样！"周御走过来，手指在陈语风的脑门上敲了一下，"走，去赛一局。"

"什么？昨天体力刚透支，今天就不能消停消停吗？"

"去赛一局？还是绝交？"周御的眉梢扬了起来。

陈语风用余光瞄了一眼那些女孩子们，小声回答："绝交吧。"

"嗯哼？"周御的声音压低，活动了一下手指，发出咯咯的声响，"我没听清，你说什么了？"

"赛一局！当然赛一局啦！"陈语风没骨气地露出阳光明媚的表情。

但是这根本就不是一局，今天的周御有一种凶狠的气势，总是将陈语风逼到绝境。陈语风使出浑身解数，总能被周御提前预知。

一开始，陈语风还能记得两人之间的比分是多少，到后面打得疯了，只想着要超过周御进球，根本什么都记不清了。

陈语风甚至有种错觉，他平时见过的并不是真的周御，只有今天，他马力全开，让陈语风溃不成军。

周御就像蓄势待发的猛兽，在陈语风的面前露出了凶狠的獠牙。他不再仅限于以三分球得分，而是用各种陈语风预料之外的技巧。

陈语风有种感觉，周御是在向陈语风彰显自己的强大。

夜幕降临，陈语风的体力已经完全透支。

当周御又是一球入篮的时候，陈语风直接躺倒在了地上。

"你……你这么厉害……怎么以前都不知道？"

周御在陈语风的身边坐下，将毛巾扔在他的脸上。

陈语风的鼻间顿时传来一阵薄荷香。

"因为我也不知道自己可以这么强大。"

周御垂下眼帘来，看着陈语风。

"你今天就是想要修理我，我算明白了。"

"是的，你输了。"

"嗯嗯，我输了。"

"你输了就答应我三个条件。"

"什么？还有三个条件？比之前你根本没说过！"陈语风瞪圆了眼睛看着对方。

"胜者为王。你是做到我这三个条件呢？还是跟我绝交？"

"又来这套？"陈语风快要吐血了，"果断绝……"

那个"交"字还没说出口，周御眼看就要来拧他的胳膊了。

"我答应你条件！我坚决做到！"

"好！首先第一条，我们要拿下这次的全市高中篮球联赛冠军。"

"这个当然！"陈语风点头。

"第二，你给我好好学习，以后和我一起打CUBA。"

陈语风眨了眨眼睛："你小子昨晚上说的是真的啊！"

"我周御想要做到的从来没有做不到的。"

陈语风的脸垮了下来："算了吧，你考哪个大学都是分分钟的事，我绝对不行。"

"有我在，你绝对行。"

陈语风看着周御的眼睛，发现这家伙从未如此的认真。而且经过了这次的英语补考，说不定周御还真能把他拽进大学呢。

"这个……我努力……"

而且CUBA什么的，真的很有诱惑力啊！

"好，第三个条件，从此以后再也不许跑到网球学校看女孩子了。"

"什么——我没听错吧？"陈语风不知道哪里来的力气，就要坐起身来却被周御给摁了回去。

"你没听错。"

"我告诉你啊，周御！篮球是我的青春，但网球美少女是我的生命！"

话音刚落，周御就在他的脑袋上用力拍了一下。

"你不好好看着我，却看着她们，是打算放弃篮球投身网球事业吗？"

"哦……知道了……"

陈语风在心里不断碎碎念：看你干什么啊？你长得再帅也是个男的！有啥好看的啊！

"陈语风，你的名字里面有个'风'字。"

"是啊。"陈语风侧过脸来，对上的是周御在昏黄灯光下的眉眼。

他柔和，俊美，像是捉摸不透的梦，无论多么远，总会让人下意识追寻。

"而我的名字里面有个'御'字。"

"嗯。"

"我们加在一起就是'御风'。"周御的手指伸过来，一遍一遍刮着陈语风的耳朵。

这是只有他们两人在一起的时候，属于周御的小动作。

有时候陈语风不明白，周御这么爱干净的家伙，怎么总喜欢去碰自己的耳朵。

"驾驭风，这是很多人觉得不可能的事情。但很多时候，总需要有人御风而行，打破所有对'不可能'的设想，创造出属于自己的格局。"

说完，周御在陈语风的耳朵上弹了一下，站起身来。

"喂！你怎么那么喜欢碰我的耳朵啊！"

陈语风一边叫嚷着一边捂着耳朵跟在周御的身后。

周御转过身来，勾起唇角一笑。

"因为一碰你的耳朵，它就红了。你全身上下最可爱的地方就是那里。"

"什么——周御你语文过关了没有啊！只有小猫小狗小孩儿才被说可爱呢！我陈语风是丰神俊朗帅气逼人好不好！"

陈语风跳起来揽上周御的肩膀，露出大大的笑脸。

两人的影子掠过一段一段的路灯，延伸向遥远的地方。

{END}